I0673159

Venezia

Il sospiro dei ponti

Paul Beccaria

Traduzione dall'originale francese di Elisa Veronesi

Copertina :
"Amare Venezia" Acquerello di Monica Martin
www.itacaartstudio.com
info@itacaartstudio.com
© Monica Martin – Itaca Art Studio, Venezia, Italia.

Tutti i diritti riservati – è vietata ogni duplicazione,
anche parziale, non autorizzata

ISBN: 978-2-9563102-7-3
EAN : 9782956310273

Ottobre 2019.

Ringraziamenti

Un immenso grazie a Marjorie senza la quale questo romanzo non sarebbe mai stato scritto.

Marjorie ha portato a questo libro un contributo inestimabile. È stata una collaboratrice ideale dall'inizio alla fine.

L'ammiro e la amo infinitamente.

Alle mie figlie,

«Il mondo è un bel libro, ma poco serve a chi non lo sa leggere»

Carlo Goldoni,

Nato a Venezia il 25 febbraio 1707, morto a Parigi nel 1793

Preambolo

Alcuni ponti ascoltano cantare i gondolieri.

Altri suonano attraverso lo sciabordio dell'acqua smossa dalle barche.

Ci sono ponti che sorridono quando i bambini saltellano su un piede dai loro gradini.

Ci sono quelli che brontolano quando i festaioli li risvegliano dal loro sonno.

E ci sono i ponti maliziosi che fischiettano alle ragazze frettolose di raggiungere i loro innamorati.

Ci sono poi i ponti che restano di marmo davanti a tanta bellezza.

E quelli in granito che vorrebbero essere di legno, mentre quelli in legno vorrebbero essere di pietra per non essere più incatenati da innamorati che si promettono di non lasciarsi mai.

Infine, c'è questo ponte, che forse fu reso magico dal suo realizzatore, o forse, più semplicemente, è dotato di un potere d'ispirazione per artisti sognatori.

Andate a Venezia. Trovate il vostro ponte. Esprimete un desiderio e auguratevi che si realizzi primi di lasciare questa città, o sarete costretti a ritornarvi.

VENEZIA

Il sospiro dei ponti

I

Da più di un'ora Dave era seduto là, su una panchina dello Champ-de-Mars, a qualche metro soltanto dalla Tour Eiffel. Davanti a lui, la Dama di Ferro, fiera dei suoi trecento metri di altezza, restava in posa di fronte alle orde di turisti venuti per ammirarla e agli artisti che vi si sistemavano quotidianamente per dipingerla.

Oggi, era lui ad essere là, blocco da disegno e matita alla mano, pronto ad abbozzarla. La Tour Eiffel dovrebbe essere il suo ultimo soggetto prima di lasciare la capitale. Durante tutto questo semestre di scambio passato all'École Nationale Supérieure des Beaux-Arts aveva riprodotto la maggior parte dei monumenti di Parigi. Sorrideva mentre ripeteva tra sé che avrebbe così potuto terminare i suoi studi all'Institute of Fine Arts di New York, ma che non avrebbe rivisto l'istituto tanto presto: nel corso dei suoi vagabondaggi artistici aveva infatti trovato un'altra fonte di ispirazione. L'aveva incontrata seduto a un tavolino di un tipico caffè parigino dove era entrato per comprare delle sigarette, si chiamava Lisa. Da qualche tempo condividevano un piccolo appartamento e tra due settimane sarebbero partiti per l'Italia. Avevano in programma di passare due mesi a Venezia, per poi trasferirsi a Roma, per permettere a Lisa di trovare un primo posto di lavoro e raggiungere il cantiere di Trastevere. Due settimane. Giusto il tempo per lei di terminare la sua tesi in archeologia e per lui di dipingere la Tour Eiffel. Era tutto così affascinante. Innamorarsi di una ragazza francese per metà inglese tanto bella quanto intelligente, andare a Venezia a dipingere sulle tracce dei grandi maestri, poi Roma ad attenderlo. Non avrebbe mai immaginato nulla di tutto questo mentre le ruote della sua valigia erano rimaste incastrate tra la rampa di accesso e l'aereo che lo avrebbe condotto a Parigi. Sorrideva leggermente ripensando a quell'incidente. Non riusciva a concentrarsi sulla Tour Eiffel, non ci riusciva proprio. La sua mente fuggiva via, trascinando con sé sentimenti contrastanti. Un miscuglio di malinconia ripensando ai bei momenti passati tra le strade, i caffè, le lenzuola di Parigi, e di eccitazione al pensiero delle bellezze che li attendevano: sì, non gli riusciva proprio di concentrarsi.

Pensava anche ai musei ricolmi di quadri dei più grandi artisti, al Rinascimento italiano, Michelangelo, Leonardo da Vinci, Raffaello, alle cattedrali e ai loro soffitti straordinari, a tutta questa storia dell'arte che danzava in disordine nella sua testa. Una nuova ondata d'ispirazione lo attendeva, laggiù, ne era certo. Ma per il momento, seduto sulla panchina, fissava la torre in ferro, lo sguardo già altrove. Sapeva benissimo che la pagina sarebbe rimasta bianca di un'attesa impaziente.

**

«Oggi ho incrociato Nervani.»

«Cosa ci racconta il buon Umberto?»

«Mi ha confermato che è tutto pronto per il nostro arrivo a Roma. Abbiamo discusso un po', gli ho spiegato che arriveremo non prima di settembre, ma alla fine ha capito che prima volevamo approfittare di Venezia e tutto è andato a posto.»

Lisa stava stampando dei documenti. Durante la stampa cercava di mettere in ordine una serie di fogli sparsi ovunque di tutte le misure, i colori e di tutti i tipi.

«Perfetto, in ogni caso avevo già fermato l'appartamento fino a fine luglio, quindi ancora meglio!»

Lui assume un'aria divertita, le si avvicina da dietro e l'avvolge.

«Allora, Signora quasi Dottoressa è roba vecchia questa, che effetto fa poter dire che è tutto finito?»

«Tu parli, ma non è per niente finito! Tieni, aiutami e graffetta questo elenco di errori invece di distrarmi!»

«Dai, solo un attimo...»

«È poco lusinghiero questo per te!»

«Oh dai, sai bene cosa voglio dire, finirai dopo... non sono riuscito a dipingere oggi, troppa eccitazione... per tutto questo, i progetti... e pensavo a te...»

L'attira a sé e la bacia sul collo

«Su ordine del tuo medico personale, prescrizione terapeutica del migliore dei sedativi.»

**

Il conducente del taxi acqueo posò l'ultima valigia davanti alla scala che portava al loro appartamento. Dave aveva telefonato all'agenzia immobiliare per organizzare la consegna delle chiavi al loro arrivo. Era già tardo pomeriggio e Lisa aveva solo un desiderio: farsi un bagno o una doccia fredda. Pensiero colpevole per chi arriva nella Serenissima per la prima volta, ma l'uomo è ridotto a queste basse considerazioni fintanto che i suoi bisogni primari non siano soddisfatti. Solo allora potrà godere della bellezza. Lisa aveva superato lo stadio nel quale poteva razionalizzare questo desiderio irresistibile di sfuggire alla calura che l'aveva sopraffatta durante tutto il tragitto e che l'aveva trasformata in uno straccio in movimento. Era ormai divenuta una necessità.

Avevano lasciato Parigi il giorno prima con la Citroën Berlingo che Dave aveva acquistato appena arrivato in Francia. Questo valoroso destriero contemporaneo aveva attraversato le Alpi senza difficoltà, poi li aveva condotti fino a Torino dove Dave e Lisa si erano fermati per una tappa. Ma il mattino seguente, mentre erano in viaggio da Torino a Venezia, la Berlingo si era letteralmente fusa. Il suo motore, per l'esattezza. Lisa, mentre attendeva il carro attrezzi sotto al sole cocente, vedeva i suoi pensieri trasformarsi in una massa informe di riflessioni incoerenti. Perché utilizzare un nome simile per un'utilitaria? Non era altro che un grosso veicolo, oltretutto parecchio pesante, e non aveva niente in comune con una caramella, quella che portava il nome di Clemente V, il suo vero nome, Bertrand de Goth, divenuto Berlingot, sebbene entrambe, l'uno e l'altra, condividevano il terribile destino di fondersi al sole. Valoroso destriero contemporaneo, dicemmo: non proprio.

Poco dopo Milano, un cartello stradale aveva ricordato a Lisa che la città di Bergamo valeva la pena di essere visitata. Dave, impaziente di arrivare a Venezia, aveva preferito continuare, sostenendo che avrebbero avuto tutto il tempo di visitarla durante il loro soggiorno in Italia. Ma la caramellona a motore era stata del parere di Lisa, e si era fermata proprio di fronte all'aeroporto di Bergamo. Lisa avrebbe quasi riso di quella coincidenza se Dave non avesse assunto un'aria così tesa dopo aver chiamato la sua assicurazione. Quando, dopo un'ora di attesa sul ciglio della strada arroventata dal sole, il carro attrezzi era arrivato la sentenza fu senza appello: motore fuso per la caramella e colpo di calore per Lisa, la cui ironia interiore si era trasformata in pieno delirio come di fronte a un miraggio nel deserto. Fecero il tragitto verso l'autofficina con il carro attrezzi, che ovviamente non era climatizzato. Nel frastuono dell'abitacolo, di fronte alla faccia imbronciata di Lisa, Dave non faceva che ripetere che il venditore gli aveva garantito che, malgrado i suoi centoquarantamila chilometri, la macchina ne avrebbe potuti fare altrettanti, scrutando la reazione di una Lisa apatica, per poi alternare con un'altra versione in un goffo italiano questa volta rivolta al conducente, il quale annuiva macchinalmente, occupato com'era a calcolare il profitto che avrebbe tratto da quell'intervento.

All'autofficina, la vettura fu data in consegna al garagista in cambio di un certificato di demolizione.

Fine dell'avventura per la Berlingot che lasciò loro un gusto piuttosto amaro per una caramella.

Fu chiamato un taxi per portare Dave e Lisa a Venezia. Il trasferimento della moltitudine di bagagli da una vettura all'altra si fece ovviamente nel caldo asfissiante, e fu solo una volta seduta nel taxi climatizzato, con le portiere chiuse, che Lisa ritrovò sé stessa. Dave, imperturbabile, seduto di fianco al conducente, perfezionava il suo italiano e si voltava verso Lisa ogni volta che la conversazione poteva interessarla. Lisa si sentiva meglio, ma non abbastanza da avere voglia di prendere parte a una di quelle conversazioni che si fanno tra estranei per paura che cali il silenzio. La sua gonna, nonostante il freddo dell'aria condizionata, era ancora bagnata dal precedente viaggio in carro attrezzi e continuava ad incollarsi ai sedili del taxi. Un motivo sufficiente per evitare di socializzare.

Attraversando il Ponte della Libertà, il lungo ingresso che porta a Venezia, Dave parlava ancora della sua auto, e concluse dicendo che, tutto sommato, era stato meglio così perché non aveva minimamente pensato al problema del parcheggio durante il loro soggiorno e, vi immaginate, un mese di parcheggio a Venezia, sarebbe costato il prezzo della Berlingo. A conti fatti, non tutti i mali vengono per nuocere – espressione che non gli riusciva di tradurre correttamente in italiano a giudicare dall'aria interrogativa del tassista, a meno che non fosse semplicemente stanco del troppo parlare di Dave.

Il taxi svoltò in direzione di Tronchetto, dove avrebbe dovuto attenderli un taxi acqueo inviato dalla compagnia di assicurazione. L'autista parcheggiò, scaricò tutti i bagagli sul marciapiede di fronte al pontile, e li lasciò dicendo loro che l'imbarcazione non avrebbe tardato ad arrivare. Fu solo una volta che il taxi fu scomparso all'orizzonte che Dave tacque.

Lisa si sedette su una valigia, lo sguardo perso nel vuoto. Le sembianze umane che aveva riacquistato nel frigorifero ambulante che li aveva trasportati erano già svanite e le erano bastati pochi minuti per ritornare allo stato liquido. Mezz'ora più tardi un Dave piuttosto teso richiamava la compagnia di assicurazioni, che gli garantiva che la sua richiesta era stata presa in carico, ma che occorreva richiamare il taxi per verificare la situazione. Certo. La parola situazione lo rendeva sospettoso, e quando la centralinista lo richiamò per dirgli che il taxi aveva un po' di ritardo, ma che sarebbe arrivato in un attimo, l'attimo si trasformò in un'altra mezz'ora. Quando finalmente l'imbarcazione accostò al molo, Lisa era ormai allo stato di sciroppo. Fu però in quel momento che avvertì una leggera brezza proveniente dalla Laguna ed ebbe così la folle speranza di potere prima o poi utilizzare la doccia dell'appartamento che li attendeva.

**

L'impiegata dell'agenzia immobiliare arrivò davanti all'appartamento nello stesso momento dei due ragazzi. Dave l'aveva avvertita del ritardo, così lei aveva potuto sincronizzare la consegna delle chiavi. Un ultimo sforzo per portare la valigia al secondo piano e Lisa si precipitò verso bagno, seminando a terra i vestiti che avevano finito per formare su di lei una seconda pelle ed erano diventati inconsistenti pezzetti di stoffa. Dave, con aria soddisfatta, finì di sistemare i bagagli nella camera. Dopotutto, se l'erano cavata, e aveva anche potuto praticare un po' di italiano in situazioni autentiche.

Camminò su quella che doveva essere stata una gonna quella mattina e ebbe voglia di ridere, ma si trattenne. Sarebbe stato meglio aspettare che Lisa fosse sotto la doccia per qualsiasi tipo di spiritosaggine. La povera era davvero in uno stato pietoso e lui si sentiva un po' in colpa per quell'arrivo così poco romantico. Alla fin fine, tutto questo si sarebbe trasformato in ricordi dei quali un giorno avrebbero riso, ma non prima che la magia della doccia avesse sortito il suo effetto.

Raccolse la gonna e automaticamente cercò di stirarla, anche se qualsiasi tentativo di riportare in vita quel pezzetto di tessuto sciupato dal viaggio fu vano. Lo gettò in un angolo, non sapendo cosa fare di quell'involucro vuoto, e pensò con piacere al corpo che l'aveva abbandonato poco prima. Seguì gli altri indumenti seminati fino alla doccia, si svestì e raggiunse Lisa, ben deciso a verificare se la magia della doccia avrebbe funzionato.

**

L'aria era irrespirabile. E non era neanche luglio! Questo lasciava presagire che l'estate sarebbe stata molto calda, anche se Lisa non poteva esserne sicura, non avendo mai passato un'estate a Venezia. Ma di una cosa era certa: ovvero che sarebbero soffocati in questa città che non avrebbe tardato ad essere invasa da orde di turisti. Aveva bisogno d'aria.

Lisa si diresse verso la terrazza del caffè non lontano dal loro appartamento e ordinò un succo di frutta fresca. Dave doveva raggiungerla e insieme avrebbero visitato uno dei musei che non avevano ancora avuto modo di visitare negli ultimi giorni. Lisa aveva stilato una lista completa dei musei da visitare e contava di poterne spuntare tutti i nomi prima della loro partenza.

Il cameriere che le portò la sua bevanda sembrava poco indaffarato. Lisa ne approfittò per intraprendere la sua prima conversazione con un veneziano. Cominciò parlando del caldo asfissiante e continuò elogiando la magnificenza dei monumenti della città, il tutto in un italiano esitante, che non arrivava a descrivere la realtà come avrebbe voluto, ma era sufficiente perché il cameriere le sorridesse e restasse al gioco senza risponderle in inglese. Era un giovane alto, i capelli castani, lo sguardo penetrante e luminoso e un naso pronunciato e leggermente incurvato.

«È proprio vero che si soffoca oggi, si starebbe meglio in spiaggia.»

«In spiaggia? Lisa quasi balbettò sulla parola stessa. E come volete andare in spiaggia? A meno di non sdraiarvi sulla banchina e gettarvi nel canale!»

«È un'ipotesi in effetti! Personalmente preferisco prendere il vaporetto e andare sulle spiagge di sabbia al Lido.»

«C'è una spiaggia a Venezia?»

«Eccome! La prima dell'Adriatico! Ma da dove viene lei? Eppure, è francese, no? E viene a Venezia senza

17

nemmeno sapere cosa ci si può fare? Le rispose lui in tono canzonatorio.»

«Indovinato! Ma mi sono fermata al mare del Nord, la Manica e il Mediterraneo! Davvero, non avrei mai immaginato che potesse esserci una spiaggia a Venezia.»

«Se vuole, ho una pausa dalle 17 alle 19, posso accompagnarvi.»

Lisa, sorpresa da questa proposta, stava per farfugliare una risposta quando Dave arrivò e si sedette al suo fianco. Il cameriere gli chiese che cosa desiderasse e Dave ordinò una birra.

«Gliela porto subito Signore.»

Scomparve nel caffè.

«Sto sognando o il cameriere era intento a corteggiarti all'italiana?»

«No, cioè, un po', ma era ben intenzionato.»

«Ah, questa poi, non ne dubito!»

«Oh, ma no! Mi ha proposto di andare alla spiaggia del Lido. Lo sapevi che ci sono delle spiagge a Venezia?»

«Hum, sicura che non sia un pessimo piano per provarci questo? Delle spiagge a Venezia? Ma dove? Tra i palazzi e la laguna?»

Il cameriere ritornò fischiettando con la birra appoggiata su un vassoio.

«Et voilà Monsieur, una bella birra fresca!»

«Grazie, rispose Lisa. Per tornare alla nostra conversazione di poco fa, soggiorniamo a Venezia e questo caldo mi sta asserragliando dentro. Faccio avanti e indietro tra il nostro appartamento e i musei. O le terrazze dei caffè. Tra l'altro mi chiedo se non sarebbe stato meglio sedersi dentro al bar, può darsi faccia più fresco.»

«Oh, no Signorina, qui siete all'ombra e dalla laguna arriva una piacevole brezza. Ci sarebbe comunque più fresco che dentro, il nostro sistema di climatizzazione è rotto.»

«Effettivamente. Dicevo a Dave che mi stava proponendo di andare in spiaggia. Ma lui non crede che ci possa essere della sabbia a Venezia.»

Il ragazzo sorrise senza scomporsi.

«Ma certo che sì! E noi abbiamo le più belle spiagge del mondo. Cioè, quasi, dopo quelle delle Seychelles!»

«Vediamo! È dunque questo lo sciovinismo italiano! »

Lisa si mise a ridere.

«Vedrete quello che dico, sono le spiagge più belle, ve lo garantisco. La mia offerta è sempre valida. Alle 17 mi trovate qui, tutti e due, vi accompagno. Non dista più di venti minuti di vaporetto.»

**

I giorni seguenti sembravano trascorrere in un ritmo da crociera: al fresco della mattina Dave e Lisa visitavano insieme i musei e ne approfittavano per scovare nuovi luoghi nei quali Dave desiderava dipingere. A fine mattinata, prendevano il vaporetto in direzione del Lido, dove mangiavano un'insalata in qualche ristorante, per poi restare pigri sotto il sole. Rientravano nel tardo pomeriggio per una doccia, e uscivano di nuovo per fare shopping o comprare qualcosa da cucinare la sera.

Tuttavia, questa specie di routine non durò a lungo. Lisa ripensava con nostalgia ai primi momenti passati a Venezia, ma era una nostalgia tinta di amarezza. Rivedeva quel giorno nel quale, arrivando al Lido, Dave le avevo detto di andare da sola in spiaggia. Che lui preferiva tornare a dipingere, che si sarebbero ritrovati la sera, che lei ne approfittasse anche senza di lui. L'aveva lasciata là, sulla banchina per il vaporetto, la borsa tra le mani, indecisa se sorridere e chiedergli che cosa gli avesse fatto cambiare idea così improvvisamente. Aveva cercato di dirgli che avrebbe potuto accompagnarlo, ma aveva capito subito che desiderava restare solo per mettersi al lavoro. Una volta distesa sotto al sole, si era sentita stupida per avere vissuto quel momento come una forma di abbandono. Non aveva nessuna ragione per sentirsi dimenticata. Dopotutto, era venuto anche per questo, e quel giorno aveva tutto il diritto di dipingere. Tuttavia, le era rimasta una sensazione di amarezza, forse a causa del modo in cui tutto questo era avvenuto. Troppo in fretta, troppo bruscamente, troppo radicalmente.

E non si sbagliava. Il loro ritmo era cambiato radicalmente. Quando Lisa rientrava dalla spiaggia, Dave non era all'appartamento. Lei andava a fare la spesa e preparava i pasti, sempre da sola. Solo a sera inoltrata, quando il sole era già tramontato, Dave rientrava, per ripartire alle prime luci dell'alba.

Dipingere! Non aveva altro per la testa. Non ha occhi che per questa città. E non posso nemmeno dire di fare parte dell'arredo, altrimenti troverebbe il tempo di guardarmi! Lisa disperava in questa situazione e aveva fretta di partire per Roma, sperando che in questo modo si sarebbe rotto quello che sembrava un vero e proprio incantesimo. Aveva paura dei silenzi che iniziavano ad aleggiare tra loro. Quelli che, durante le giornate, riempiva di pensieri penosi. Quelli che si insinuavano tra lei e Dave, anche quando erano insieme.

**

Il mese di giugno si dissolse seguendo questo ritmo immutabile. Dave dipingeva, Lisa di tanto in tanto andava in spiaggia, o si recava di nuovo sulle isole di Murano e Burano. Là, discuteva con gli artigiani che producevano degli splendidi oggetti in vetro, o con le merlettaie, che cucivano instancabilmente pizzi e merletti. Com'erano belle, chine sul loro lavoro, sorridenti quando qualcuno si fermava a condividere qualche istante con loro. Lisa adesso parlava molto meglio l'italiano e ogni giorno le conversazioni con i veneziani si facevano più interessanti.

C'era un solo elemento che incupiva questo quadro, il suo quadro: Dave era completamente assente dalle sue giornate. Passava la maggior parte del suo tempo fuori casa, a dipingere, e i soli momenti nei quali gli capitava di incrociarsi si limitavano alle notti e a qualche pasto passato scambiandosi appena qualche parola di convenienza. Dentro di lei ribolliva il malumore per questa situazione, mescolato all'incapacità di dirgli sinceramente quello che provava. Si sentiva in colpa per il fatto di sentirsi abbandonata, ma una parte di lei gridava che aveva tutto il diritto di voler vivere in coppia e non semplicemente di coabitare nella stessa casa. Le sue emozioni si rimescolavano di continuo perché lei riuscisse a parlarne con lui in modo chiaro la sera, e così preferiva andare a dormire, cullandosi nell'illusione che le cose sarebbero tornate ad essere più piacevoli. Tuttavia, niente cambiava, solo la sua collera interiore si attenuava, per trasformarsi poco alla volta in fatalità. La loro relazione si erodeva e si trasformava in una corazza vuota di vita. Non sapeva in che misura stava mentendo a sé stessa, aggrappandosi ad una quotidianità priva di senso.

**

Un tiepido scirocco veniva da lontano. Il fresco della notte non era durato che un'istante. Lisa iniziava a capire gli umori del meteo locale e poteva affermare, senza paura di sbagliare, che la giornata sarebbe stata ancora più calda della precedente. Uscì dall'appartamento. Dave era partito presto, come al solito, lasciandola sola di fronte a una nuova giornata veneziana. Decise di uscire per prendere aria, e si fermò lungo il cammino nel bar sotto casa per prendere un caffè.

«Buongiorno Signorina! Le disse il cameriere. Che bella abbronzatura! Ne deduco che abbia adottato la mia spiaggia?»

«Sì, la spiaggia del Lido vuol dire, dato che non ricordo ci sia alcuna indicazione che la designi come la spiaggia privata del Signor Principe di Venezia! »

Disse lei scherzosamente.

«E il suo principe, non è con lei?»

«No. Il mio amico è un pittore. Sarà in qualche dedalo di Venezia. Ci passa la maggior parte del suo tempo.»

Il barman fu sorpreso dal tono di voce così duro di Lisa.

«Dovrebbe fare attenzione: si rischia di perdere la propria fidanzata nel labirinto di Venezia!»

Lei non rispose. Lui rincalzò in tono giocoso.

«Su! Sorrida! Che cosa posso offrirle in cambio di un sorriso?»

«Un caffè per favore. Mi risveglierà, ho dormito male. C'era così caldo!»

«Ho di meglio da offrirle di un caffè. La spiaggia non è mia, è vero, ma ho una piccola imbarcazione. Le propongo una gita tra i canali della città. Visita privata con un veneziano autentico come guida!»

Lisa esitò un istante, ma pensò alla giornata che avrebbe passato nuovamente sola, e al caldo che l'attendeva. Questa gita le avrebbe schiarito un po' le idee.

«Veneziano è sicuro, ma guida è tutto da vedere! D'accordo. Ma, non deve lavorare?»

«Finisco tra dieci minuti, e riprendo solo a mezzogiorno oggi, è fortunata!»

**

Attraversarono la piazzetta e si avviarono verso il canale dove era ormeggiata una barca a motore. Lui salì per primo sull'imbarcazione, che oscillò come se fosse sul punto di ribaltarsi.

«Forza, salga Signorina! Non abbia paura la tengo io.»

«Per prima cosa smettiamola con questo «Signorina», il mio nome è Lisa, secondariamente non ho affatto paura!»

«Ragion di più, allora salti! E può chiamarmi Enzo, il Principe dei mari!»

Lisa appoggiò un piede nella barca e scivolò in avanti. Enzo l'afferrò al volo e ne approfittò per abbracciarla. Lei lo respinse dolcemente e si sedette sull'asse che serviva da panca. Enzo sorrise con aria soddisfatta, mise in moto e diresse la barca sul canale. Passarono dieci minuti prima che Enzo riprese la parola.

«Alla sua destra, può ammirare la casa di Marco Polo. Grande avventuriero! Disse lui imitando la voce di una guida internazionale e parlando in un italiano ben scandito.»

Lisa sorrise. Malgrado il disagio, come si sforzava di chiamarlo, che aveva provato mentre si trovava tra le braccia di Enzo, era distesa e la naturalezza di Enzo le faceva bene. La gita prometteva di essere piacevole.

**

Di ritorno verso il bar, le campane della chiesa suonarono dodici colpi annunciando che era mezzogiorno. La mattina era passata senza che Lisa se ne fosse resa conto, cullata dai movimenti della barca a filo d'acqua.

24

Enzo l'aiutò a scendere e le propose di bere qualcosa per terminare la mattinata con un aperitivo veneziano.

«Dai! Giusto un piccolo Spritz! Prima che cominci il turno. Non crederai di svignartela così velocemente!»

«Non me la svigno. La tua visita guidata è stata molto piacevole e ti ringrazio per questa bella mattina passata tra i canali. Ma ho ancora dei musei da visitare e un libro da terminare.»

«Ben venga, beviamo qualcosa, poi recuperi il tuo libro e ti trovo il miglior posto del ristorante dove potrai leggere e pranzare fin quando lo desideri.»

«Che audacia! Chi ti dice che ho voglia di passare qui il mio pomeriggio?»

«Un'intuizione. Dai, lascia che ti inviti. Dopo farai quello che desideri, ma non prima di avere mangiato le nostre specialità: insalata con frittelle ai frutti di mare.»

Lei lo guardò con esitazione. Aveva l'aria di un bambino felice per una bella sorpresa. Non vedeva ragioni per dover rifiutare, visto e considerato il programma che l'attendeva. Questa compagnia imprevista le aveva permesso di uscire per un attimo dalla sua routine fin troppo solitaria, e poi avrebbe potuto fare in seguito quello che aveva programmato. Inoltre, il suo appetito la spinse ad accettare.

«Accetto. Ma è fuori questione che tu mi inviti, pagherò io il mio conto. Mi darebbe troppo fastidio, poi il tuo capo te ne chiederebbe conto.»

«Il mio capo! È mio zio. Mi sfrutta un po', quindi mi lascia fare quello che voglio. Basta che lavori la domenica, dopodiché sono libero di invitare chi voglio.»

Dopo l'aperitivo e il pranzo, il pomeriggio passò rapidamente. Seduta all'ombra del gazebo, Lisa restò immersa in un'opera sull'archeologia bizantina. Fu la voce di Enzo che le ricordò che non si era mossa per tutto il pomeriggio.

«Ho finito! E tu?»

«Finito cosa?» Le rispose.

«Il mio turno. Sono libero. Ti accompagno a visitare un museo?»

«Vediamo un po' che oltre a guida veneziana autentica sei anche guida di musei?»

«Ti farò visitare un museo nel quale tu non andresti mai da sola e nel quale il tuo «pittore» non ti accompagnerà mai.»

«Oh là! Devo cominciare a preoccuparmi? È un museo in fondo al mare e per andarci serve un sottomarino? O è nello spazio e prendiamo il prossimo volo della NASA?»

Enzo rise di gusto, e le rispose sorridendo.

«Ancora meglio. È qui a Venezia, nel quartiere di San Marco, e ci arriveremo in appena 10 minuti di cammino.»

«Che mistero!»

«Fidati di me, non resterai delusa!»

Lisa ricambiò il sorriso, prese la sua borsa e insieme si avviarono verso questo luogo così speciale.

**

Quando tornò all'appartamento, Dave era già rientrato. Era tardi e la giornata era trascorsa senza che lei se ne accorgesse. Enzo le aveva fatto scoprire Venezia vista dall'interno, l'autentica Venezia, e ne era rimasta affascinata. E poi Enzo sapeva farla ridere, e qualcosa dentro di lei le ricordava che era davvero molto tempo che non si divertiva così. Si innervosì nel vedere che Dave era rientrato prima di lei, una brutta coincidenza che la fece sentire in colpa per non aver saputo approfittare di quegli istanti rubati alla pittura. Ma dopotutto, non aveva niente da rimproverarsi, e non avrebbe potuto attenderlo semplicemente immaginando che questa volta sarebbe rientrato prima. Gli anni 50 erano finiti da un pezzo, grazie a Dio! Le donne da allora avevano ottenuto la loro liberazione, e lei ci teneva a conservarla.

«Rientri tardi, furono queste le parole di Dave.»

Lei si morse la lingua per non rispondergli che per una volta che era lei a rientrare tardi, erano lontani dall'essere tranquilli, ma non voleva che il suo risentimento prendesse il sopravvento e si trattenne. Assunse un'aria scherzosa per allontanare il risentimento.

«Ero con Enzo. L'ho incontrato al caffè e dato che non sapevo cosa fare, mi ha fatto visitare un museo molto particolare, davvero interessante.»

«Ah! Cosa di più particolare di tutto quello che abbiamo già visto?»

«È il museo dell'erotismo.»

«Ah, bene, non bisogna darsi limiti! Avete anche consumato?»

«Eccoci, che parolone! Hai proprio frainteso!»

«Cioè, non vorrai farmi credere che questo Enzo non ti stia corteggiando! Ma può essere benissimo darsi che sia lui a interessarti!»

«Ma certo che è interessante, ma non nel senso che credi tu. Abbiamo soltanto passato una tipica giornata veneziana, tutto qua. Conosce bene la città e mi ha fatto mangiare una specialità locale, una vera delizia. Dovresti ...»

«È proprio come dicevo, non sono io che ho frainteso: ci sei cascata in pieno!»

«Ma lasciami almeno spiegare! Mi vuoi ascoltare? Ti rifiuti di capire.»

«Al contrario, capisco benissimo!»

«No, tu non hai capito nulla! Sii onesto con te stesso, Dave. Per te non esiste altro che la pittura! Non capisci che ho bisogno della tua presenza! Tu non ci sei mai! Che cosa condividiamo, eh, in questi ultimi tempi? Il sonno! Enzo mi ha fatto ridere, per esempio. Quanto tempo è che non rido con te? Tu non te ne rendi neanche conto, ma ti isoli! E mi escludi. Enzo mi ha offerto un po' di amicizia, e tu lo vedi come un tradimento! È penoso! Non sai neanche più riconoscere le differenze! Oh, poi, insomma, non ho nulla di cui giustificarmi, non ho fatto niente di male.»

Lisa terminò la frase con la voce rotta dal pianto. Dave la guardò in silenzio, si alzò, e uscì sbattendo la porta dell'appartamento.

Piena di collera, Lisa andò a dormire. Lo detestava, ce l'aveva con lui per la scenata che le aveva fatto. Credeva di dover essere lei quella gelosa, dato che lui restava tutto il giorno fuori a dipingere. Finì per calmarsi, ascoltò se dalla stanza a fianco provenisse qualche rumore, nel caso Dave fosse rientrato, ma non si sentiva niente, doveva essere andato chissà dove. Sì, voltò su un fianco rivolta dalla parte del letto che era vuota e mise la sua mano sul lenzuolo sperando che lui sarebbe rientrato e si sarebbe steso a fianco a lei.

La mattina presto, la sua parte di letto era ancora vuota. Dave non era rientrato. Lei si alzò e andò in soggiorno, anche il divano era vuoto, c'erano solo le tracce di un uomo che vi aveva passato la notte. Dave era rientrato tardi e ripartito presto. Come d'abitudine, del resto, salvo che questa volta non avevano condiviso l'unica cosa che ancora li univa: il loro letto, di un freddo insopportabile rispetto alla calura estiva.

**

Lisa vagò per le calli, perduta tra i suoi pensieri. Non poteva decidersi a lasciarlo andare, ed era intenzionata a rilanciare il discorso della partenza per Roma. Si ricordò che la sera prima, durante l'ennesima disputa, aveva mugugnato il nome di un ponte nel quale andava a dipingere, tra i sestieri di San Marco e Castello e si disse che un luogo neutrale e all'aperto forse sarebbe stato più adatto a una conversazione. Dopo una rapida occhiata alla cartina che aveva sempre con sé nella borsa, si incamminò a caso per le calli nella direzione di quei sestieri, nella speranza di incrociarlo nei dintorni di qualche ponte.

«Non muoverti!»

Si fermò di colpo. Stava per salire sul ponte e l'aveva intravisto seduto dietro la tela. Anche lui l'aveva vista, così bella nella luce che le filtrava tra i capelli e disegnava arabeschi sul suo abito. Era necessario inserirla nel quadro. Lei comprese senza che ci fosse bisogno di ulteriori spiegazioni, bastò un semplice gesto di pennello, e obbedì accondiscendente, sperando che questo momento di complicità li avrebbe riavvicinati.

Lei appoggiò i gomiti sul ponte, e si affacciò rivolta verso il canale nel quale a poca distanza compariva un altro ponte. Lui non le disse nulla e si immerse nuovamente nella tela, dipingendo rapido e preciso.

Le pietre del ponte erano annerite dal tempo, un fenomeno che si era accentuato con l'inquinamento dell'ultimo secolo. Dei rilievi a forma di conchiglia e di animali ornavano l'arco del ponte. Poteva distinguere alcuni fregi composti da simboli e forme geometriche. Sulla cornice del pontone, riconobbe in un fregio qualcosa che sembrava un'iscrizione, ma così antica che non avrebbe saputo dire se si trattasse di lettere, di cifre, o semplicemente di ornamenti.

Lisa continuò a fissare le iscrizioni e cercò di attribuirgli un senso o un significato. La sua formazione di archeologa prese il sopravvento e la curiosità di decifrale divenne presto un'ossessione. Le sembrava di vedere delle lettere più simili al carattere latino che non a quello greco, forse era ebraico, ma tutto era sfumato. Quando Dave terminò il suo schizzo, le disse semplicemente che aveva finito. Lei si prese il tempo di annotare scrupolosamente le iscrizioni prima di raggiungerlo. Lui la ringraziò e si scambiarono un sorriso che per un attimo fece rinascere una complicità che non avevano da molto tempo.

La giornata volse al termine e insieme rientrarono allo studio. Quella sera niente dispute, il clima era calmo. Lisa lo rese partecipe della sua scoperta sul ponte. Dave dipingeva da qualche giorno nel quartiere ma non aveva notato le iscrizioni, e non gli sembrava di averne notate altre in altri luoghi. Dopo la cena, la serata era finita tra giochi amorosi. Lisa non aveva ottenuto da Dave una data precisa per la partenza per Roma, ma in compenso le aveva promesso che sarebbe avvenuta entro la fine della settimana. Il giorno successivo, lei riprese un po' di fiducia e per occupare il tempo decise di fare delle ricerche alla biblioteca Marciana situata in Piazza San Marco. Forse avrebbe potuto trovare delle immagini più antiche del ponte e delle informazioni riguardanti le iscrizioni e il linguaggio nel quale erano state incise sulla pietra.

**

Dopo la serata nella quale lui le aveva promesso la partenza per Roma entro il fine settimana, era passata un'altra settimana. Dave aveva ripreso il suo ritmo di uscite e rientri tardivi. Evitava le discussioni che l'avrebbero indotto a riparlare di Roma e quindi della loro partenza. A questo punto le era abbastanza chiaro che era inutile parlargli della partenza, ogni volta le stesse reazioni, spostava lo sguardo in un altro punto della stanza, alzava le spalle, e mormorava con irritazione un «non lo so», o un «presto», dietro il quale si celava un «mai». Ormai ne era certa, era rimasto ammaliato dal fascino di Venezia e non riusciva ad uscire dall'incantesimo! E lei viveva tutto questo come una terribile forma di egoismo. Amava davvero quest'uomo che preferiva la sua arte al rispettare il loro accordo, e quindi al rispettare le sue esigenze?

Sapeva che un lavoro poteva divenire totalizzante, e comprendeva che questa città esercitava un'attrazione immediata ed evidente, anche su di lei. Ma sapere tutto questo non la rendeva meno infelice.

Fortunatamente le restavano le iscrizioni da decifrare, e la sua curiosità di ricercatrice l'aiutò a distrarsi un po'.

Aveva già consultato i registri di navigazione, i rapporti militari e altri libri relativi a scambi commerciali dei secoli passati. La maggior parte ripercorreva la storia di Venezia nel corso degli anni. Un periodo di storia sul quale non si era ancora cimentata. Il bibliotecario che l'aveva aiutata la prima volta e al quale chiedeva sistematicamente informazioni era un uomo affabile, malgrado un primo approccio piuttosto rigido tipico degli uomini estremamente colti. Fino a qui l'aveva ben indirizzata, nonostante le sue ricerche non avessero ancora prodotto alcun risultato riguardo le iscrizioni del ponte. Dopotutto era la prima volta che lavorava fuori da un quadro istituzionale che l'avrebbe costretta a terminare il lavoro in un tempo prestabilito, così ne approfittava per immergersi da neofita nelle numerose opere di storia della città.

Aveva persino approfittato di qualche pomeriggio al fresco della biblioteca, inebriandosi di storie di conquiste, d'oro e di maschere che permeavano la storia di Venezia. Fu consultando alcuni registri dell'Arsenale che il bibliotecario le aveva portato al fine di ampliare le sue ricerche, che fece una scoperta interessante riguardo le iscrizioni trovate sul ponte. L'Arsenale era ormai un luogo militare, ma quando fu costruito nel XII secolo, era un cantiere navale. In una pagina consacrata ai leoni che sorvegliano l'entrata dell'Arsenale, era indicata un'iscrizione che figurava sul dorso di uno dei leoni in marmo. La pagina successiva ne mostrava una riproduzione dettagliata. Le lettere, non c'era alcun dubbio, assomigliavano a quelle incise sul ponte. Nel commento, era scritto che i mercenari scandinavi avevano inciso quelle parole sul leone, dopo la loro vittoria di ritorno da Atene. Avevano lasciato questo leone a Venezia, così come pietre ornamentali, stoffe, bracciali e pietre preziose, in cambio d'oro, più facile da trasportare. Si sentì invasa da un sentimento di soddisfazione. Non le restava che documentarsi sulle scritture utilizzate da questo popolo. Sapeva non sarebbe stata cosa semplice, ma una gioia quasi infantile le dava la voglia di divertirsi con questo codice degno dei più grandi romanzi d'avventura. Rise di sé stessa quando si immaginò in un film di Indiana Jones, questo cliché che accompagnava tutti gli archeologi durante i pranzi, le conversazioni o altre situazioni nelle quali ci si trovava a dover rispondere alla domanda, e lei, di che cosa si occupa?

Uscì dall'edificio per telefonare a Brian Tolls, il solo che avrebbe potuto metterla rapidamente sulla buona strada. Brian, eminente professore di archeologia, fu il suo relatore di tesi a Londra. Durante tutti questi anni di ricerca le era sempre stato di grande sostegno, incoraggiandola costantemente nei momenti difficili, rimettendola in carreggiata ogni volta che finiva in un vicolo cieco.

Dopo un momento di sorpresa, le domandò se fosse soddisfatta del suo nuovo lavoro a Roma. Lei, che aveva fretta di arrivare al dunque, risposte rapidamente, spiegando che avrebbe cominciato solo in settembre. Lui le diede l'indirizzo di un collega specialista di Oxford. Dopo averlo ringraziato calorosamente, riattaccò e lo chiamò immediatamente.

Il professore le rispose quasi subito. Non ci mise molto a replicare alla sua richiesta. Ascoltò le descrizioni di Lisa, le domandò qualche precisazione e poté affermare che si trovava in presenza di scritture runiche. Ne approfittò per precisare che, attraverso l'Europa, erano stati rinvenuti più di 6500 dialetti differenti, e anche se erano stati utilizzati dopo il II secolo, la maggior parte era scomparsa nel corso del tempo e non era mai stata tradotta. Non poteva dargli una traduzione di quello che gli aveva descritto, ma se gliene avesse inviata una copia, l'avrebbe informata non appena avesse trovato qualcosa. Lei non sperava di meglio, conoscendo l'insaziabile curiosità dei ricercatori, lo ringraziò e riattaccò.

Non le restava che aspettare. Fine dell'avventura! Poteva ritornare in spiaggia.

Era già tardi e malgrado la soddisfazione procurata dall'avanzamento non trascurabile delle sue ricerche, si rese conto che doveva rientrare per consegnare i libri prima dell'orario di chiusura della biblioteca.

Prese la pila di documenti e registri e si diresse rapidamente verso uno degli ingressi per effettuare le operazioni di riordino del materiale. Svoltando dietro uno scaffale, urtò un uomo che teneva un libro tra le mani. L'urto non fu violento, ma sufficiente a far traballare la pila di libri che teneva in mano e a farli cadere. L'uomo si preoccupò di chiederle se non si fosse fatta niente, ma lei replicò che lui si trovava in mezzo al passaggio e che le aveva fatto cadere tutto quanto.

Sicuro di essere innocente e più interessato ad aiutare una bella ragazza che a farle il benché minimo rimprovero, si scusò e l'aiutò cortesemente a riordinare i libri. Lei mormorò un semplice grazie e si allontanò rapidamente.

Fu solo quando si ritrovò a ridisporre i libri, incapace di dire se la H fosse prima o dopo la G che realizzò di stare ricordando la scena e ridisegnando nella memoria il volto dell'uomo. Sorrise tra sé e sé della sua stupidità, e riprese a riordinare, cercando di restare concentrata ripercorrendo le lettere dell'alfabeto.

**

Era domenica mattina. Le calli del sestiere erano ancora addormentate. Dave sistemava alcune cose dentro una borsa tra l'odore di un pessimo caffè. Lisa, gli occhi chiusi, ascoltava i rumori dell'appartamento. Era domenica, e Dave ignorava come sempre la loro partenza per Roma. Si sentivano i rumori delle cerniere, ma lei sapeva fin troppo bene che si trattava delle sue borse da pittura. Dave preparava, come tutti i giorni, finito il caffè troppo diluito, il suo materiale, infilava le scarpe rischiando di cadere, mugugnava qualcosa appoggiandosi al muro con un tonfo sordo, e usciva facendo tintinnare le chiavi e stridere la porta. Non sarebbe rientrato che tardi quella sera, rispondendo alle ormai rare domande che lei gli faceva, con risposte secche e irritate. Il suo mutismo rivelava una sorta di ipnosi che ne faceva un essere inaccessibile. Non lo riconosceva più. E si domandava se lo avesse mai realmente conosciuto, se la loro vita a Parigi fosse mai esistita. Ogni sera, con la scusa di essere stanca, si chiudeva in camera per restare sola. Si riassumeva a questo la loro relazione.

Erano arrivati a questo punto. Persino nelle relazioni dei suoi amici alla quale lei faceva da confidente, non aveva mai visto niente di così patetico. Almeno nelle loro storie esistevano conflitti e chiarimenti, tentativi di dialogo per quanto maldestri, ma mai un tale allontanamento, questo sentimento di convivere con un estraneo al quale non si ha più nulla da dire. Cercava di allontanare queste amare constatazioni, ma realizzava l'utopia dell'obbiettivo che si erano prefissati, anche se, poteva ben giurarlo, la loro partenza era stata una decisione presa in comune, a quel tempo si parlavano ancora, poteva addirittura essere stato lui ad averla spinta ad accettare quel posto, perché lei aveva avuto un momento di esitazione, aveva avuto paura di essere egoista e di imporgli un trasloco forzato. Ma questa constatazione non la aiutava, e Roma in due, sempre più lontana, sembrava incapace di portare nuova linfa, e di fare uscire Dave dal suo insano torpore. Lui non sarebbe partito per Roma, era evidente. E lei non era pronta a sacrificare tutto per un fantasma.

Era domenica. Era uscito. Come ogni giorno, lei si sarebbe dovuta alzare e sarebbe dovuta uscire per cercare di scacciare l'angoscia che la lasciava in pace solo fuori da queste mura. Ma quella mattina, forse perché era domenica, forse perché aveva bisogno di respirare, forse perché sentiva che i suoi sogni stavano scomparendo tra le calli veneziane, o forse perché, semplicemente, era giunto il momento, non si preparò per andare in spiaggia, o per visitare un museo, ovvero per riempire il tempo. Si alzò, si preparò in fretta, tirò fuori la valigia dal grande armadio, ci cacciò dentro i suoi vestiti, consultò gli orari dei treni per Roma, scarabocchiò un messaggio per Dave, e si ricordò di esistere solo quanto il brulicare incessante delle calli la avvolse.

**

George uscì dalla biblioteca. La sua abituale serietà era divertita di fronte alle divergenze tra i suoi pensieri, che alternavano tra un bisogno adolescenziale di ripercorrere la scena dell'incontro con quella bella ragazza, e fare il bilancio delle sue ricerche. A trentadue anni, immaginare gli eventuali dialoghi che avrebbero potuto avere se lei non l'avesse respinto, se avesse tentato un altro tipo di conversazione, gli sarebbe sembrato un po' patetico. Del resto, non si trovava là per trovare l'anima gemella, concetto al quale non credeva più almeno da un anno, da quando Anna gli aveva annunciato il giorno prima della loro partenza per Milano, che lei non sarebbe andata con lui, che sarebbe rimasta a Londra e che sarebbe stato meglio così, il tutto con una calma olimpionica, posata e ben preparata. No, non era lì per conquistare le italiane, né, tantomeno, ci avrebbe messo la mano sul fuoco, per le inglesi che parlavano italiano. Era in missione per l'Istituto di ricerca di Milano, per il dipartimento dell'ISMA (Istituto per gli studi sul Mediterraneo antico), studiava le civilizzazioni romane, alla ricerca di elementi decisivi alla conclusione di uno studio sull'impatto della costruzione di strade e vie navigabili dei romani in Europa. Coraggio dunque! Ma bisognava pur dire che era davvero bella, questa sconosciuta, e che la situazione, degna dei più grandi film hollywoodiani all'acqua di rose, lo invitava a sognare.

Sorrise di fronte alla sua ingenuità, e si diresse verso l'Harry's Bar. Si era pur meritato un ultimo spritz prima di rientrare a Milano il giorno dopo.

**

Il vaporetto della linea 1 arrivò alla banchina dove George attendeva da qualche minuto la corrispondenza per il parcheggio. Non restava che qualche turista qua e là, sopravvissuto all'orda umana, che si dirigeva in fretta tra le calli nel caldo estivo, per fare qualche foto e riprendere lo stesso vaporetto strapieno. Dopo una fermata alla stazione, tornavano alla loro quotidianità. George sorrise di questa immagine nella quale si era perso e montò sul vaporetto.

«Ferrovia!»

L'altoparlante del vaporetto annunciò la fermata della stazione di Santa Lucia.

Era sempre con una punta di nostalgia che George passava davanti a questa fermata per poi raggiungere il parcheggio di Piazzale Roma e rientrare a Milano. Ma questa volta il soggiorno era stato molto fruttuoso, e lui non vedeva l'ora di utilizzare al più presto i risultati delle sue ricerche.

Mentre si trovava in piedi vicino all'uscita, perso nei suoi pensieri, qualcosa o qualcuno lo urtò.

« Ahi ! »

Sentì che qualcuno tirava la cinghia della borsa che teneva in mano e la trascinava lungo la passerella. Conosceva a memoria gli avvisi che leggeva per passare il tempo quando si trovava nelle stazioni del vaporetto e che invitavano a prestare attenzione ai furti, così come la cantilena ripetuta della voce metallica alla quale dopo un po' ci si abitua e non si fa più caso. Tirò la sua borsa e si accorse che la cinghia era rimasta impigliata tra le ruote di una valigia, tirò di nuovo, ma il fermaglio non resistette alla violenza dello strattone e si ruppe, riversando a terra un ammasso colorato di indumenti.

La persona che trasportava la valigia si fermò di colpo, e si voltò. Il suo viso passò dalla sorpresa alla collera. George riconobbe immediatamente entrambe le espressioni che aveva già provocato una volta sullo stesso volto: era la ragazza della biblioteca. Non ebbe nemmeno il tempo di scusarsi per l'accaduto che lei lo accusò della sua disattenzione, e della sua stupidità, e della sua goffaggine, e gli disse che aveva rovinato tutto, e che lei così avrebbe perso il suo treno, e che lui era davvero un buono a nulla e che avrebbe fatto meglio ad aiutarla a raccogliere i vestiti piuttosto che restarsene lì impalato a fissarla senza fare niente con quell'aria da pesce lesso, e che decisamente lui portava sfortuna, e che...

George era rimasto interdetto di fronte a tutte queste accuse, incapace di dirle che era davvero dispiaciuto e che non si trattava che di una brutta coincidenza. Era affascinato da tutta questa collera. Sapeva che sarebbe bastato prendere questa ragazza tra le braccia perché scoppiasse a piangere, ma si fermò, non volendo in più ferire l'orgoglio di questa sconosciuta che le sembrava tuttavia così famigliare nella sua disperazione.

Finì per reagire e sganciò la sua borsa dalla valigia, appena in tempo prima che le sue dita rimanessero chiuse nella cerniera che lei aveva richiuso con decisione. Non ebbe nemmeno il tempo di aiutarla a sollevare la valigia, perché lei lo fece in un attimo, si voltò e si precipitò verso la stazione.

George si era seduto nella banchina. Il suo vaporetto era già partito e il prossimo era stato annunciato tra quindici minuti. Ripensava alla disperazione della ragazza. Si sentiva in colpa per non avere prontamente reagito, ma la violenza delle sue emozioni lo aveva paralizzato, e affascinato, anche se sapeva che non era la parola adatta alla situazione.

Era immerso nei suoi pensieri quando sentì dietro di lui il pianto di una donna, e non ebbe nemmeno bisogno di voltarsi per sapere che era di nuovo lei. Le barriere avevano finalmente ceduto. Si alzò e si diresse lentamente verso di lei, lasciandole il tempo di accorgersi della sua presenza ed eventualmente respingerlo se lo avesse voluto, cosa che però non fece. Lei accartocciò una lettera che teneva in mano e la mise nella tasca del suo gilet.

«Sono molto dispiaciuto per poco fa...non ho reagito, lei era così in collera, cioè, avrei potuto aiutarla mi dispiace. E suppongo che abbia perso il treno, a causa di tutto questo. Ascolti, aspetto il prossimo vaporetto per il parcheggio, devo riprendere la mia auto, vado a Milano. Per caso posso accompagnarla da qualche parte, per farmi perdonare?»

Si era un po' calmata mentre lui parlava. Lui si chiedeva se non fosse il caso di continuare a parlare per essere sicuro che si non si mettesse a piangere di nuovo, ma lei lo sorprese accennando appena un sorriso.

«Sono io che devo scusarmi con lei, per tutto quello che le ho detto. Non è stata colpa sua. È che negli ultimi tempi molte cose non vanno per il verso giusto ed è piuttosto difficile da affrontare. Diciamo che la sua borsa è stata il colpo di grazia.»

«Non sarò indiscreto e non le chiederò nulla, ma insisto per rimediare. Posso accompagnarla da qualche parte?»

«Parto per Roma, ma in effetti ho un cambio a Milano. Sembra che sia costretta ad accettare la sua offerta se non voglio perderlo.»

«Alla buon'ora! Le prometto di fare ammenda.»

Lei si asciugò gli occhi e si alzò.

«Mi chiamo Lisa Wood.»

«George Bennett. Piacere, per la seconda volta.»

Lei sorrise.

**

Dave era sul vaporetto che si avviava alla stazione. Da lontano vide Lisa, seduta sulla valigia, che accartocciava una lettera, la sua lettera, la metteva nella tasca, si alzava, e se ne andava. Non era sola, no, il profilo di un uomo, nascosto fino a quel momento, apparve agli occhi di Dave. Dunque, si trattava di questo. Era più di un semplice bisogno di andare a Roma, si trattava di andare a Roma con qualcun'altro. Era evidente, ora che ci pensava, lei doveva avere incontrato qualcuno mentre lui dipingeva, mentre era troppo occupato a dipingere, quando aveva finalmente trovato il ritmo e l'ispirazione, la luce giusta e il colpo di pennello, quello vero, che aspettava da così tanto tempo. Lei aveva incontrato qualcun'altro, probabilmente in un bar, poco importa, quello che era certo era che partiva per Roma con un altro, senza di lui.

Si sentiva stranamente calmo mentre scendeva sulla banchina e riprendeva il vaporetto in senso contrario. Calmo, ma pieno di rancore. Lei non capiva l'importanza della sua arte, del suo impegno per la pittura, lui aveva il dovere di rispondere alla sua ispirazione, avrebbe potuto attenderlo, avrebbe semplicemente avuto bisogno di un po' più di tempo.

**

C'erano volute due ore a George per raggiungere Milano con l'autostrada. Lisa, seduta a fianco a lui, si era presto rilassata di fronte alla sua naturalezza. Avevano parlato dei loro rispettivi percorsi professionali, e rimasero sorpresi di essere accomunati dalla città di Londra. Lisa vi aveva fatto una parte dei suoi studi e George vi era nato e vi aveva vissuto fino alla fine degli studi. Continuava a tornarvi regolarmente, perché la casa madre della società per la quale lavorava aveva sede nella City.

L'abitudine di parlare tra colleghi di lavoro prese il sopravvento sulla riservatezza di Lisa. Tuttavia, restò vaga sulle motivazioni che l'avevano portata nella città dei Dogi, non aveva voglia di parlare di Dave. Gli rispose dunque restando sul vago:

«Sono venuta con un compagno di università, eravamo coinquilini a Parigi. Avevo davvero bisogno di prendermi una pausa prima di iniziare la mia nuova vita, e Venezia mi sembrava un buon modo di conoscere l'Italia.»

«Capisco, rispose George. Ho provato la stessa sensazione dopo il mio stage dell'ultimo anno di studi. Londra è una città incredibile, ma per rilassarmi ho preferito una settimana a Parigi.»

«Parigi! Avremmo potuto incrociarci! Oddio, no, non ne sarebbe valsa la pena: sarebbe stato capace di restare impigliato nella mia valigia!»

«Oh, non le manca certo la faccia tosta!»

«Sto scherzando! Mi sento ancora in colpa, sono molto dispiaciuta di averla trascinata nei miei problemi.»

«Non fa niente, sono in parte responsabile anch'io e preferisco sia accaduto con lei, è più gradevole. Se fosse successo con un veneziano, mi avrebbe aggredito a grandi gesti senza aggiungere altro!»

Lisa si era accorta della parola lusinghiere, ma lascia correre. Non le era sfuggito che George era un uomo decisamente affascinante, e, dopo averlo osservato con attenzione lungo la strada, la cosa non l'aveva lasciata del tutto indifferente. Ma la sua ultima esperienza non era stata certo un successo, si ripeteva. Sarebbe andata a Roma, e ci sarebbe andata sola.

«Eppure, i veneziani sono gente piacevole!»

«Sì, sono molto affascinanti! Fintanto che non ci si mette di traverso sul loro cammino! Vanno di fretta quasi quanto i londinesi!»

La macchina di George arrivò davanti alla stazione di Milano. George accompagnò Lisa fino alla biglietteria, portandole la valigia. Lisa digitò la destinazione sullo schermo della cassa automatica per comprare il biglietto. Comparve la scritta:

COMPLETO

«Ah no! Ci mancava solo questa. Comincio a credere di essere perseguitata dalla sfortuna!»

«Guardi il prossimo treno.»

«Era l'ultimo treno ad alta velocità. Dovrò prenderne uno regionale, che si ferma a tutte le stazioni! Ci metterà delle ore!»

Lisa cercò un treno regionale. Sullo schermo comparve:

PROSSIMA PARTENZA:

*« A causa di una perturbazione sulla linea, il
prossimo treno in partenza: Treno notte 23 h 30 »*

«No! No et no! Non è possibile! Cosa ho fatto di male
Dio mio!»

«Calma!» Le disse George con un sorriso, ma un
sorriso compassionevole. «Il Buon Dio non c'entra, se
mai occorre prendersela con la compagnia dei treni.
Questo treno non arriverà a Roma prima di domani
mattina all'alba. Non riuscirà a dormire in quelle
cuccette a causa della confusione. Prenda il primo
treno ad alta velocità di domani mattina.
L'accompagnerò in stazione. Nell'attesa, la invito a
scoprire la Milano by night!»

«Ma no, non posso accettare!»

«Ah, ricomincia a rifiutare? Sia realista, questi treni
notte sono un vero incubo!»

Lisa si morse le labbra. Sfortunatamente le era
capitato una volta di dovere viaggiare su un treno notte
e non ne aveva un bel ricordo. Dopo tutte le emozioni
di quella giornata, non era sicura di essere in grado di
affrontare un tale viaggio notturno.

«E va bene, accetto, ma mi accompagni in un albergo.»

«No, insisto. Ceniamo in un ristorante vicino a casa
mia, è una modesta trattoria ma con un cuoco
formidabile. Si mangia divinamente. Poi dorme da me,
ho una stanza degli ospiti, che non ho mai utilizzato da
quando ho traslocato. Promesso, non le farò nessuna
avance. So solo che è tardi e che gli hotel a Milano a
quest'ora le costerebbero una fortuna se ci arriva senza
avere prenotato. Dica SÌ, ha avuto anche troppi

problemi per oggi, lasci che l'inviti e che possa così rimediare ai miei errori.»

Lisa esitò un istante, ma la gentilezza e lo charme di George la convinsero.

«Va bene, d'accordo, è davvero gentile da parte sua. Sono davvero molto stanca, tutta questa giornata mi ha sfinita. E il mio stomaco vuoto da stamattina non aiuta. Ho davvero bisogno di un buon piatto di spaghetti!»

Al ristorante, Lisa divorò un piatto di pasta alla milanese e bevve del Barolo senza dire una parola, fino a che, al momento del dolce, ristorata, disse:

«Questo piatto di pasta era divino e questo vino ottimo mi ha ben accompagnata fino a qui, ma non ne posso più. Davvero, grazie, George.»

«Il piacere è tutto mio. Sono felice che abbia deciso di accettare il mio invito a restare.»

I loro sguardi si incrociarono per qualche secondo, George realizzò e disse:

«Prende un dolce? Sono deliziosi.»

«No grazie, finisco questo ottimo vino.»

«La bottiglia è vuota, ne ordino un'altra?»

«Non è necessario, credo di avere bevuto anche troppo.»

George e Lisa raggiunsero l'appartamento in una leggera ebrezza causata dal Barolo, vino degli amanti. L'indomani, Lisa non prenderà il treno per Roma, ma ancora non lo immaginava mentre saliva le scale, appoggiata al braccio di George.

II

All'Harry's Bar, Dave era seduto al bancone come tutte le sere da diverse settimane a questa parte. Si sentiva a casa, in mezzo a questa folla di sconosciuti. Questo locale aveva la reputazione di essere un ritrovo per artisti di ogni sorta. Tuttavia, lui non era là per fare conoscenze. Cercava il mondo, il rumore, la frenesia di queste vite spensierate, almeno in apparenza. Qualcosa di cui sentirsi circondato. Per ritornare nel mondo dei vivi.

Qualcosa era cambiato dopo che Lisa se ne era andata. Lo sentiva. Qualcosa si muoveva. Dentro di lui, in fondo. Anche i suoi quadri ne avevano risentito. Si era reso conto di andare verso nuovi colori, più scuri, e i suoi colpi di pennello erano come alterati, più eterei forse, non avrebbe saputo dire con esattezza. Per certi versi ne era felice. Aveva la sensazione di dipingere qualcosa che aveva un senso. Non gli restava che questo, in fondo, che avesse senso. La pittura e i momenti passati all'Harry's Bar.

**

Dave era arrivato al Bar prima del solito. Non era soddisfatto di quello che aveva dipinto durante la giornata. Sapeva che questi momenti di vuoto erano momenti inevitabili del processo creativo. Eppure, aveva l'impressione che questa volta si trattasse di qualcos'altro, qualcosa di più profondo. Come se qualcosa si fosse incrinato in lui, una fessura piccola,

47

ma ben presente in lui. E poi c'era stato questo freddo che lo aveva preso nel bel mezzo del pomeriggio e che non lo aveva ancora abbandonato. Era venuto qui per verificare se questo freddo era quello del vento che soffiava tra le calli o se era qualcosa dentro di lui. Il suo primo esperimento, un whiskey senza ghiaccio, non era bastato a dare una risposta a questa domanda. Era al suo secondo, perso nei suoi pensieri, quando un uomo si sedette sullo sgabello vicino a lui. Si rivolse al barman:

«Un Milano-Torino, per favore.»

«Hem, mi scusi Signore, ma non sono sicuro di avere capito. Un Milano-Torino?»

«Sì, sì, un Milano-Torino.»

«Mi dispiace molto, non conosco questo cocktail.»

Dave, distolto dai suoi pensieri, si sentì in dovere di intervenire.

«In effetti vuole un americano. È un americano il Milano-Torino.»

«Ah! certo, mi scusi, glielo servo subito.» Replicò il barman. «Grazie Signore.»

«Di niente,» rispose Dave.

Si voltò verso il suo nuovo vicino.

«Lei non è di qui vero. A Venezia, non si ordina che un americano. È il suo nome commerciale.»

«Ah! ah! ah! Sono un neofita.» Rispose George. «Volevo cambiare dal mio solito whiskey, ma vede, passo per un provinciale che entra per la prima volta in un bar! Sono uno storico in effetti, e per deformazione

48

professionale, ho voluto provare questo cocktail, ma non conosco che il suo nome, diciamo, storico. Molto piacere, George Bennet.»

«Dave Burnside.»

«Grazie ancora, per il suo corso accelerato di savoir-faire al bar.»

«Non c'è di che.»

«È americano Dave?»

«Eh sì! E suppongo lei sia inglese?»

«Ah, i nostri accenti ci perseguitano!» Disse George.

«Sì, anche se il suo è meno evidente rispetto al mio! Eppure, mi sforzo, ma certi suoni non vogliono uscire come si deve.»

«Oh, sa, io baro, vivo a Milano ormai da diversi anni, ho modo di praticare più che per puro piacere. Lei abita a Venezia?»

«Sì e no.»

Dopo avergli spiegato il percorso geografico che lo aveva portato a Venezia, Dave terminò dicendo:

«Tecnicamente parlando abito qui, ma non penso di restare. Dovevo partire per Roma, ma i piani sono cambiati.»

«Ah! I cambiamenti! Credo siano il motore principale per tutti! Io sono qui per fare delle ricerche, in effetti ci vengo regolarmente. Sono venuto a bere qualcosa per non restare da solo nella mia stanza d'albergo. Amo Venezia di notte. Senza i turisti, la città è così bella»

«Sì, è magnifica. È per questo che sono rimasto, per la città.»

«Ah, è peggio di una donna!»

«Non me lo dica,» replicò Dave in tono amaro.

Il barman appoggiò l'Americano sul bancone davanti a George.

«Grazie. Allora, brindo alle donne e a Venezia!»

Bevve un primo sorso dal suo bicchiere senza notare che Dave non aveva alzato il suo.

«Delizioso! Per fortuna lei era qui stasera, altrimenti mi sarei perso tutto questo! Quindi è così, lei dipinge.»

«Sì.»

«Sono affascinato dalle persone che creano. Io non ho nessun talento!»

«Tutto si impara. E poi, lei avrà sicuramente dei talenti in altri campi.»

«Ah, questo sì!» Rispose George ridendo. «Posso dire di non essere affatto male in quello che faccio. E ogni volta che qualcuno cerca una fonte d'informazione, stia certo che è a me che si rivolge, soprattutto se si tratta di questioni apparentemente irrisolvibili!»

«È curioso, mentre dipingevo, ho scoperto un ponte sul quale c'è un'iscrizione. Tra una cosa e l'altra ho iniziato a fare qualche ricerca a questo proposito, ma non sono riuscito a decifrarla. È una lingua che non conosco, e diciamolo, non ne so proprio nulla. E tutte le lingue che ho trovato non corrispondono. Credo di essere in un vicolo cieco.»

«Ah! È esattamente quello che dicono i miei colleghi ogni volta che mi chiedono di lanciarmi in qualche ricerca che non riescono a risolvere!»

«Una bella coincidenza!»

«Già! Sembra proprio che dovrò aiutarla.»

«Oh no, non volevo dire questo,» rispose Dave in tono seccato.

«Lo so bene. Ma ad essere onesti, sono molto curioso e mi pentirei di lasciar perdere un mistero da risolvere.»

«Ancora una volta, deformazione professionale?»

«È così. Ciascuno ha le sue droghe.»

«C'è di peggio!»

«È vero. Conosco bene le lingue antiche, può darsi che si tratti di una di queste. Altrimenti potrei anche solo darle qualche indicazione nelle sue ricerche. Si ricorda le iscrizioni? Potrebbe descrivermele?»

«Hem! no, non le ricordo a memoria. E non le ho con me.»

«Ah! Peccato.»

«Ma se lei non ha altri impegni per stasera, potrebbe venire a cena da me. Non ho granché in frigo, ma so cuocere la pasta all'italiana,» propose Dave.

«Una proposta del genere non si può proprio rifiutare!»

«Ci terremo compagnia stasera, ha l'aria di averne bisogno quanto me!»

«È il mio cocktail che le fa dire questo?»

«No, è piuttosto il mio secondo whiskey che ne chiama un altro.»

«Allora andiamo, stasera le serviranno tutte le sue facoltà per seguirmi nelle mie elucubrazioni di storico alla ricerca di emozioni forti!»

Dave rise di gusto alla replica del suo compagno di sfortune. Sì, aveva davvero bisogno di schiarirsi le idee stasera. E se si era appropriato del lavoro di Lisa, non significava che non volesse davvero decifrare questo enigma. Aveva incominciato ad interessarsi davvero a questi simboli che aveva disegnato più volte. Si trattava di un enigma che aveva qualcosa di misterioso che lo intrigava. L'aveva sognato anche la notte precedente. Si trovava sul ponte mentre pronunciava una frase di una lunghezza certo improbabile in rapporto alle poche lettere dell'iscrizione, tuttavia il ponte si metteva a tremare, sotto l'acqua bolliva, dei blocchi di pietra avevano iniziato a cadere, e lui si era ritrovato risucchiato dalle onde. Quando si era risvegliato, era fradicio come se fosse davvero caduto in acqua. Sapeva che si trattava solo di un sogno, certamente causato dai troppi bicchieri che aveva bevuto durante la cena. Ma era accaduto ieri. E contro ogni aspettativa, la serata si annunciava divertente.

George pagò i loro bicchieri, poi insieme si avviarono verso l'appartamento di Dave.

**

Non lontano da loro, davanti a un bicchiere di birra, era seduto un uomo di bassa statura, la faccia segnata, i capelli grigi. Come un cliente qualsiasi, era venuto a bere un aperitivo dopo il lavoro. Ma, voltato verso il bancone, ascoltava, il più discretamente possibile, la conversazione dei due uomini. Quando Dave cominciò a parlare della sua scoperta, si alzò e si sedette al bancone con il suo bicchiere. Piluccò qualche nocciolina dalla ciotola, e per giustificare il cambio di posto si rivolse al barman in dialetto veneziano.

«He! Bisogna essere americani per avere diritto a qualche stuzzichino?»

Domanda retorica alla quale il barman non rispose, occupato com'era ad asciugare i bicchieri.

L'uomo mangiò qualche nocciolina, bevve un sorso, continuando ad ascoltare i suoi vicini di posto. Qualche minuto più tardi, si alzò e li seguì in strada.

**

«Deve essere qui.»

Dave prese un bozzetto dalla sua borsa. Lo porse a George.

«Vede queste iscrizioni, qui, sul lato del ponte. E là, le ho disegnate più grandi.»

«Lei è sicuro di quello che ha disegnato, non ha dimenticato nulla?»

«No, sono certo di avere copiato tutto perfettamente.»

«Molto bene. È proprio una lingua antica. Si può intuire la struttura della frase, qui, vede, l'ordine dei simboli è canonico, ma non segue ovviamente il nostro canone.»

«Non la seguo già più!»

«Ah! Ah! Ah! Mi scusi, ho l'abitudine di parlare quasi esclusivamente con dei colleghi, mi manca un po' di socialità! Studierò il tutto da Milano e non appena avrò qualche novità la contatterò se per lei va bene.»

«Sì, perfetto. Tenga, qui può prendere appunti.»

Il piatto di pasta di Dave non era niente di eccezionale, ma il vino continuava a deliziare il palato. I due passarono la serata parlando del più e del meno. Dave sembrava evitare gli argomenti troppo personali, e George smise ben presto di fare domande che avessero potuto irritarlo. Seppe solo che il pittore era arrivato a Venezia con una donna che poi lo aveva lasciato. Intuì che la cosa feriva ancora Dave, e smorzò subito il discorso raccontandogli la sua esperienza altrettanto dolorosa. Era stato lasciato appena prima di partire per Milano; questa ragazza che frequentava da più di un anno gli aveva inviato un messaggio per dirgli che non se la sentiva di seguirlo, che preferiva restare a Londra.

«Il classico aplomb inglese!»

Risero di gusto alla sua disavventura, e brindarono alla debolezza degli uomini.

La serata proseguì per un po', fino a che George non prese congedo dal padrone di casa, promettendo che si sarebbero ritrovati a bere qualcosa la prossima volta che sarebbe tornato a Venezia.

Sull'ingresso, si fermò un istante, per verificare di non avere dimenticato nulla a casa di Dave. Spostando lo sguardo gli sembrò di vedere un'ombra svoltare all'angolo della strada. Si domandò chi mai potesse passeggiare per le calli a quest'ora della notte durante la settimana, e realizzò che era esattamente quello che anche lui stava facendo. Rise di sé stesso, sicuramente aveva bevuto troppo, si disse, e tornò verso il suo hotel.

**

Dopo l'appuntamento della mattina seguente, George decise di approfittare del poco tempo che gli restava prima di lasciare Venezia per andare alla biblioteca. Sapeva che lì avrebbe trovato molti libri che, anche se non erano specifici sulle lingue antiche, ne trattavano indirettamente. Potevano essergli utili alle sue ricerche sulle iscrizioni di cui era venuto a conoscenza la sera precedente. Conosceva a memoria le copertine riguardanti le lingue antiche, ma considerato quello che cercava, era meglio chiedere aiuto al bibliotecario. Quest'ultimo gli indicò uno scaffale, confermandogli che non avrebbe trovato libri specializzati sul soggetto che cercava, ma che una ricerca trasversale avrebbe potuto funzionare.

George si diresse verso la sezione indicata, dove, libro dopo libro, intraprese una ricerca meticolosa.

**

Dietro la sua scrivania, Aldo Vitelli, il bibliotecario, serrava le labbra. Fissava un quaderno con l'aria assente, chiedendosi se avesse dovuto segnalare questa coincidenza. Due persone che, nel giro di qualche mese, facevano ricerche su un soggetto simile. La sua memoria non lo ingannava, anche se non l'aveva dovuta utilizzare granché fino a qui.

Si avvicinò all'apparecchio telefonico e compose un numero che ricordava a memoria.

«Pronto, Signor Scalla? Credo di avere qualcosa per lei. La aspetto.»

**

Un'ora più tardi George trovò un libro nel quale comparivano simboli simili a quelli del ponte. Era una lingua celtica di una regione del nord. L'opera trattava dei flussi marittimi e terrestri dei Vichinghi, e del periodo nel quale avevano invaso Venezia. Avevano lasciato in eredità alla città statue e monumenti, dei quali la maggior parte era ormai scomparsa o era stata distrutta perché ritenuta di scarsa utilità pubblica.

Prese qualche appunto dei passaggi più significativi per poter poi lavorare alla traduzione una volta che fosse stato a Milano. Era un buon punto di partenza. Terminò le ricerche, mise a posto i libri, salutò il bibliotecario e partì alla volta del parcheggio.

**

Nella sala, un uomo ripose il giornale che, fino a quel momento, aveva sfogliato distrattamente.

Si alzò, fece un gesto discreto al bibliotecario e iniziò a pedinare George.

Lo seguì sul vaporetto stando attento a mantenere una certa distanza. Arrivati al parcheggio, lo superò, pagò il biglietto, poi si mise su un lato, fingendo di sistemare lo scontrino nel portafogli, aspettando che George pagasse al distributore automatico. Quando George prese il biglietto dal distributore, lui osservò che indicava il posto dove era parcheggiata l'auto di George e prese immediatamente l'ascensore per arrivare primo. Superò le porte di ingresso al piano e si piazzò dietro una colonna in cemento, aspettando l'arrivo di George.

Quando quest'ultimo uscì dall'ascensore, l'uomo, messosi un cappuccio sulla testa per non essere riconosciuto dalle telecamere di sorveglianza, si lasciò per intercettarlo, ma in quello stesso istante un turista interpellò George, chiedendo dove si trovava l'ufficio del custode per poter recuperare la chiave dell'auto che aveva consegnato all'arrivo. George gli propose di seguirlo dato che anche lui ci stava andando per recuperare le sue chiavi. L'uomo, interrotto, li guardò dirigersi verso l'ufficio del sorvegliante poi si diresse verso la sua auto.

L'auto di George uscì dal parcheggio, un veicolo al seguito. Entrambi percorsero il Ponte della Libertà in direzione di Milano.

**

Era già notte quando George arrivò a Milano. La città si era svuotata del traffico e, calma, brillava delle sue illuminazioni notturne. Parcheggiò l'auto sotto l'appartamento nel quale Lisa lo attendeva. Era certamente già rientrata per il week-end.

George percorse qualche metro sul marciapiede quando ricevette un grosso colpo che gli fece perdere l'equilibrio. Stava per cadere ma riuscì ad appoggiarsi a un'auto parcheggiata dopo la sua. Il tempo di raddrizzarsi, che un individuo gli aveva preso la sua valigetta e fuggiva di corsa. Stordito, restò immobile sul marciapiede senza gridare né ingiuriare il fuggitivo. Restò immobile ancora per qualche istante, poi scoppiò a ridere. Per la sua stupidità, l'incomprensione, lo sfinimento, il disappunto. Non tanto per aver perduto qualcosa di valore, dato che teneva i suoi appunti nella tasca interna della giacca, e nella valigetta non c'erano che documenti di lavoro che poteva benissimo ristampare. Era piuttosto la stranezza della situazione. Lo scarto che c'era tra la sua fretta di rientrare a casa e la violenza improvvisa di una situazione che sembrava accaduta in un altro luogo, in un altro tempo. Anche se non si era fatto male, la cosa lo aveva comunque destabilizzato.

Fece qualche passo in direzione del suo appartamento, quando si accorse di aver dimenticato la valigia sul marciapiede, tornò indietro per recuperarla e rientrò a casa, camminando come un sonnambulo.

**

Giovanni Scalla si fermò dopo circa due isolati. Riprese a camminare, e si diresse come se niente fosse verso il primo ristorante che trovò lungo la strada. Mentre aspettava la pizza che aveva ordinato mise la valigetta sul tavolo e la aprì per verificarne il contenuto. C'erano dei fogli e un quaderno. Cominciò a leggere, e terminò solo quando il cameriere gli portò un caffè. Non aveva trovato nulla. Frustrato a causa di tutto quel tempo perso, pagò il conto, si diresse nuovamente verso l'appartamento di George, riprese l'auto, e partì in direzione di Venezia.

**

George si fermò un istante sull'ingresso di casa per riprendersi e presentarsi a Lisa con un'espressione più serena. Non voleva rivivere questa disavventura nell'intimo del loro appartamento. Entrò, posò le chiavi nel recipiente in vetro di Murano che dava un colorato benvenuto, e salutò a alta voce di modo che Lisa potesse sentirlo da qualunque stanza della casa.

Era in cucina, stava sistemando la tavola dopo avere cucinato.

«Buonasera tesoro, rispose quando George entrò nella stanza. Mi sembri teso, la tua giornata non è andata bene?»

Non riusciva a nasconderle nulla.

«No no, la giornata a Venezia è stata piacevole.»

«Ah bene! È solo che la tua voce, mi sei sembrato contrariato. E poi mancava la parolina magica.» Disse lei con aria indagatrice.

«Non ti si può proprio nascondere nulla, Signora ispettrice! In effetti, mi è giusto capitato un imprevisto sotto casa. Mi sono fatto aggredire da un tizio che mi ha rubato la valigetta di lavoro.»

Lisa, impallidì, interruppe di sistemare la tavola.

«E non ti sei fatto niente? Sei ferito?»

«No, no, voglio dire, non fisicamente. È solo abbastanza umiliante e scortese ritrovarsi squassati come un albero e scippati in mezzo alla strada come facevano i grandi rapinatori di un tempo. Dopotutto siamo nel XXI secolo!»

«Ci sono cose che non cambiano, ahimè..., e quanto alla motivazione..., può darsi sperasse di trovare un portafogli, o conti di rivenderla per fare un po' di soldi. Vuoi un'aspirina?»

«No grazie, credo berrò un whisky prima di mangiare. Mi aiuterà a distendermi. E grazie, amore mio!»

Lisa sorrise e gli diede un bacio.

**

Con un giornale tra le mani e una tazzina da caffè vuota davanti a lui, Giovanni Scalla era seduto al tavolino da più di un'ora. Da quella posizione poteva vedere la porta d'ingresso dell'appartamento di Dave, aspettava che uscisse. Era due giorni che lo seguiva e studiava le sue abitudini. Era dunque solo questione di tempo prima che il pittore uscisse per la sua giornata di lavoro.

La campana della chiesa suonò dieci rintocchi. Dave comparve, il materiale per dipingere sottobraccio, si avviò verso il centro della città. Scalla si alzò e si diresse verso l'appartamento. Con la schiena alla porta, guardandosi intorno, riuscì a far scattare la serratura senza forzarla. Salì le scale e aprì allo stesso modo la porta al secondo piano. Una volta entrato udì una voce provenire dall'interno dell'appartamento.

«È lei Signor Dave? Ha dimenticato qualcosa?»

Era una cosa che poteva accadere. Senza aspettare la risposta era comparsa sull'ingresso. Lui non l'aveva previsto.

«Ma chi è lei? Che cosa ci fa qui?» Gridò la signora.

Esitò tra il precipitarsi sull'uomo, con la scopa in mano, e avvicinarsi al telefono che si trovava sul mobile dell'ingresso. Scalla non le diede il tempo di decidersi e scomparve dietro la porta.

III

È intorno alle 20 che George suonò il campanello della porta di Dave. Era di passaggio a Padova e ne aveva approfittato per fare una sosta a Venezia e mostrargli i frutti delle sue ricerche.

«Sì?» Crepitò una voce al citofono.

«Buonasera, sono io, George!»

«Ti apro.»

Dave azionò l'interruttore che apriva la porta d'ingresso.

«Chiudi bene la porta dietro di te, abbiamo avuto un'intrusione questa settimana. Sali, ti racconterò.»

George arrivò sul pianerottolo dell'appartamento. La porta era aperta. Dave lo chiamò dall'interno.

«Entra, entra pure. La porta d'ingresso deve essere chiusa da tutti gli inquilini dato che hanno appreso che uno sconosciuto è entrato. Non ha rubato nulla, ma si è trovato di fronte alla donna che si occupa di fare le pulizie nel condominio. Era in casa mia, le do un po' di soldi per fare le pulizie nel mio appartamento una volta a settimana. È una signora dell'Est, è una gigantessa buona. Lei se l'è ritrovato davanti e lui deve essersi preso un bello spavento vedendola prendere in mano la scopa, e se l'è data a gambe. Ma immaginerai che ora tutto il palazzo è in allerta.»

«Ebbene!» Disse George. «Almeno uno che non è riuscito a portare a termine il suo piano. A differenza del mio, di aggressore! L'ultima volta che ci siamo visti sarei dovuto ripartire da Venezia con la tua brava signora!»

«Cosa significa? Sei stato aggredito a Venezia o hai un debole per le slave?»

«Ah! ah! ma no. Cioè sì, pensa che sono stato aggredito in strada quando sono arrivato a Milano. E no, non sono attratto dalla tua Signora, è solo che se lei fosse stata con me, avrebbe potuto piazzargli un bel colpo di scopa. Mi avrebbe evitato di comprare un nuovo portadocumenti.»

«Ha preso la tua valigetta? Spero non ci fosse dentro niente di importate o di valore.»

«No, solo la valigetta era di valore. A dire il vero un valore puramente sentimentale.»

«Beh, ce la siamo cavata dai!»

«Già!»

«Dai, ti verso un bicchiere, ceniamo, e mi mostri le tue ricerche.»

«Va bene!»

Dopo che Dave ebbe servito un digestivo, George gli espose i risultati delle sue ricerche. Mise sul tavolo gli schizzi, le note e le traduzioni che aveva fatto. George aveva cercato di riorganizzare il tutto ed era arrivato a quello che sembrava l'inizio di una formula:

«*Sogni e pensieri possono avverarsi se detti a gran voce o....*»

Dave era affascinato. Le parole tradotte potevano avere diversi significati. George precisò che potevano anche non essere nell'ordine corretto. Questa frase restava piuttosto oscura, ma poteva benissimo trattarsi di un tentativo fatto durante la costruzione del ponte di scrivere delle maledizioni celtiche per spaventare il nemico, o un motto di qualche lavoratore, o una qualsiasi superstizione.

George aveva spinto le ricerche in questa direzione e aveva trovato dei passaggi della Bibbia che potevano richiamare queste parole, e dei commentari del XII secolo, che riprendevano e spiegavano le parole di due profeti.

«Della Bibbia! Ma non avevi detto che si trattava di scritture runiche o una cosa del genere?»

«Sai, per dirtela in breve, da una civiltà all'altra si trovano spesso le stesse credenze. Quindi non è improbabile che una superstizione locale si ritrovi adattata, in maniera diretto o meno, in alcuni testi sacri» rispose George.

Gli porse due copie dei testi.

«*Il Signore mi rispose e disse: scrivi la visione, incidila su tavole, perché si possa leggere con facilità; perché è una visione per un tempo già fissato; essa si affretta verso il suo termine e non mentirà; se tarda, aspettala; poiché certamente verrà; e non tarderà.*»

«*Poiché io conosco i pensieri che ho per voi, dice il Signore, pensieri di pace e non di male, per darvi un futuro e una speranza*».

Gli scritti che seguivano, dovendo illuminare i testi sacri, erano ancora più oscuri e lasciarono Dave per un momento perplesso. George rimase ad osservarlo lasciandogli il tempo di elaborare queste informazioni. Aveva l'aria di essere attratto da quello che leggeva, e alla fine gli propose una spiegazione.

«Potrebbe significare che i pensieri si possono realizzare se pronunciati dal ponte ad alta voce.»

George sistemò il testo dei religiosi e rispose a Dave.

«Può darsi, ma data l'oscura spiegazione dei religiosi, possiamo comprendere che è dicendo quotidianamente i propri pensieri ad alta voce che possiamo arrivare a realizzarli, per la forza della convinzione insomma. Ma tutto questo è pura immaginazione. Non sono che credenze millenarie. Pensare qualcosa non significa che questo qualcosa si realizzai, altrimenti questi si saprebbe! Questo va bene per i sognatori. Quando si vuole qualcosa, si agisce per ottenerla.»

**

Tutta la notte Dave aveva ripensato alla traduzione, alle parole, alle citazioni. George era troppo cartesiano. Tutto questo era confuso, certo, ma lui era convinto che gli mancava pochissimo per riuscire a decifrasse la frase. Era assolutamente determinato a trovare i dettagli che gli sfuggiva.

Ripercorse le tele che aveva dipinto relative al ponte, poi i documenti che gli aveva portato George. Girò e rigirò tutto il materiale sul tavolo e le sedie, poi decise di recarsi sul posto. Può darsi gli fosse sfuggito qualcosa laggiù, in ogni caso doveva assicurarsene. Giunto sul posto, salì a due a due gli scalini del ponte dei sogni, poi quelli del ponte sul quale figuravano le iscrizioni. Cercava il dettaglio mancante scrutando a una a una le pietre del ponte, osservando le forme, le tinte, i segni lasciati dal tempo e dall'usura. Solo in tarda mattinata vide sul lato destro della parte alta del ponte una pietra della stessa misura di quella sulla quale figuravano le iscrizioni, ma non dello stesso colore. Era di un grigio chiaro, mentre le altre erano più scure. Non era allineata con le altre pietre che formavano la frase, ma formava l'inizio del sostegno. Fece il giro del canale andò sul ponte per osservarla più da vicino. Capì che la pietra era stata spostata, sicuramente durante i lavori di restauro del ponte. Pensò che forse fosse stata rimessa al posto sbagliato e che forse poteva contenere la fine della frase e apportarvi un senso e una logica. Decise di ritornare durante la notte con un minimo di attrezzatura per poterla rimuovere e esaminare.

Verso mezzanotte, il sestiere era deserto. Armato di un coltello da pittore e di un paio di forbici col manico in legno, i soli strumenti disponibili nel suo atelier, si mise a grattare le giunture intorno alla pietra. Impiegò meno tempo di quanto non immaginasse, il calcestruzzo dell'epoca non era così resistente e il tempo aveva contribuito a renderlo fragile. La pietra si mosse; la fece ruotare, la rigirò e comparvero tre simboli identici o quasi a quelli dell'iscrizione. Li annotò, rimise la pietra al suo posto e con della colla colorata di atelier, la rinsaldò alla bell'e meglio per nascondere il suo intervento.

Tornato all'appartamento non andò a dormire, precipitoso di completare la frase con le nuove informazioni.

Camminava avanti e indietro nella stanza, mormorando le parole che componevano l'iscrizione, cercando di intuire un ordine logico per potergli dare un senso, un significato. I suoi occhi passavano da un quadro all'altro, e per effetto dei suoi vai e vieni, le tele si trasformavano in onde nere che ondulavano sul muro. Si sentì annegare in questa oscura oscillazione. Si sentì preso dall'angoscia, si arrestò di colpo, si precipitò al telefono e chiamò George.

Dopo un paio di squilli si azionò la segreteria telefonica.

«Buongiorno,» risponde la segreteria telefonica di George. «Lasciate un messaggio e sarete richiamati.»

«No! No! No! Non voglio lasciare un messaggio, voglio parlare con George!»

Gettò il telefono che atterrò sul divano, poi prese la bottiglia appoggiata sul comò e dopo averne tolto il tappo bevve un lungo sorso.

«Fortunatamente tu ci sei.»

E portò di nuovo la bottiglia alla bocca. Passato qualche istante, dopo aver ritrovato un po' di calma, Dave riprese il corso delle sue riflessioni.

George gli aveva lasciato tutti i dossier relativi alle sue ricerche e le traduzioni di certi testi che gli avevano permesso di fare le prime interpretazioni. Si servì di tutto il materiale e dopo due ore di consultazione di tutti i documenti, ne ricavò tre parole:

«*PERDERSI PER SEMPRE.*»

La frase terminava così:

«*Sogni e pensieri possono avverarsi se detti a gran voce, o perdersi per sempre.*»

Così completa la frase acquistava per Dave un senso. Lo invase una moltitudine di pensieri confusi. Una sola cosa era chiara e limpida: doveva assolutamente recarsi sul ponte e pronunciare questa frase. Ripartì nella notte.

La città addormentata contrastava con l'agitazione che animava Dave. Ben piazzato al centro del ponte, senza fiato, articolò, con una chiarezza sorprendente, la frase che risuonò nella notte. Come dentro una nuvola, tutto divenne fluido. Gli sembrò di perdere conoscenza, ma questa nebbia si dissipò in un attimo e lui si ritrovò davanti alla porta del suo appartamento, con le valigie in mano. Lisa era di fianco a lui e tutti e due salivano le scale che portavano all'appartamento affittato per il soggiorno a Venezia. Faceva caldo, e Lisa si era precipitata sotto la doccia non appena avevano chiuso la porta. Lui sistemava i bagagli nella camera e non vedeva l'ora di raggiungerla per rinfrescarsi. Quando aprì la porta del bagno, la stanza era vuota.

**

Sdraiato nel letto, il suono delle campane lo risvegliarono. Aveva mal di testa. Si ricordava della serata, del ponte dei sogni, della sua visione, quello che aveva rivissuto con Lisa. Era stato un sogno, un'allucinazione, o tutto questo era davvero accaduto? Doveva essere tutto vero. Era certo che questo ponte era incantato e gli avrebbe dato la possibilità di ripartire da zero con Lisa. Gli sarebbe bastato aggiustare qualche dettaglio. Scegliere quando rivivere quel momento che aveva rovinato tutto e che l'aveva separato da Lisa. Ma qual'era? Riflette un istante e si ricordò del momento nel quale Lisa aveva lasciato l'appartamento per andare a prendere il vaporetto che l'avrebbe accompagnata alla stazione. Era arrivata sui binari della stazione verso le 17, quindi era dovuta uscire circa verso le 16. Era là, in quel momento preciso, che occorreva che lui fosse all'appartamento, per intercettarla e scusarsi di essere stato così poco presente, dirle che l'amava e che era pronto a partire con lei per Roma. Ma come fare? La risposta gli arrivò in lui con estrema chiarezza: doveva essere sul ponte alle 16.

All'ora stabilita, Dave si trovava sul ponte dei sogni. Pensò fortemente al giorno nel quale Lisa era partita e rilesse la frase. La stessa nebbia lo avvolse e si trovò trasportato tre mesi addietro alle 16 davanti al suo appartamento. Rapidamente, salì le scale, entrò nel soggiorno ma Lisa non era là. Cercò nella camera, invano. Lisa aveva già lasciato l'appartamento. La disperazione lo invase e si sentì cadere nel vuoto.

Una porta si chiuse nel corridoio dell'appartamento. Dave si svegliò di soprassalto. Era di nuovo nel suo letto, e il mal di testa era ancora là.

Due ore più tardi, dopo avere fatto colazione e aver bevuto un caffè che lo avrebbe aiutato a ritrovare qualche capacità di riflessione, Dave capì che sarebbe stato difficile determinare l'ora precisa nella quale Lisa aveva lasciato l'appartamento. Non poteva permettersi di tentare infinite volte. Ogni volta questa esperienza gli lasciava un gran mal di testa che si intensificava e gli sembrava che questa seconda volta fosse stato ancora più difficile riprendersi.

Malgrado ciò, si disse che dovesse tentare almeno un ultimo viaggio temporale. Scrisse una lettera a Lisa, chiedendole di aspettarlo, che sarebbe partito con lei, di non prendere quel treno, che lui aveva capito che era con lei che voleva vivere e che l'avrebbe raggiunta con il vaporetto successivo. Ritornò sul ponte dei sogni, ripensò a quell'ultimo mattino nel quale era uscito per andare a dipingere mentre Lisa dormiva ancora. Lesse la frase iscritta sul ponte e si ritrovò sulla porta del suo studio di mattina presto. Lisa dormiva. Lui fece scivolare la lettera nella tasca di lei e ripartì.

Quando riaprì gli occhi, era sul suo letto e gli sembrava che la sua testa fosse sul punto di esplodere. La camera girava intorno a lui. Volle alzarsi ma tutt'intorno dell'acqua colava sul pavimento che si era trasformato in un canale, e il suo letto si dirigeva verso il ponte, verso quel ponte ! Perse conoscenza. Quando si risvegliò era in un bagno di sudore. Solo nel suo letto, la testa sul punto di esplodere.

La frase gli ritornò alla memoria :

Sogni e pensieri possono realizzarsi. Aveva fallito.

Malgrado tutti i suoi sforzi, Lisa aveva letto la lettera e l'aveva gettata nel piazzale della stazione.

**

Il tempo passava e Dave si indeboliva sempre di più. La partenza di Lisa, i fallimenti per riconquistarla, tutto questo lo ristagnava in un marasma nel quale annaspava ogni minuto di più. I suoi pensieri erano confusi, mischiando desideri, passato e proiezioni fantasmatiche. Quando si alzava, era per dipingere, con le finestre accostate. La luce gli faceva orrore e sembrava volergli bruciare la retina. Era solo quando ingurgitava i primi bicchieri di whiskey che sentiva in lui una forma di vita. Aveva ricominciato a fumare e utilizzava qualunque cosa nella stanza come posacenere. Quando veniva la signora delle pulizie, lo rimproverava ogni volta.

«Lei fuma troppo ! Dovrebbe areare questa stanza ! Che bazar ! Signor Dave, bisogna pure fare qualcosa ! E queste bottiglie ! Non è una cosa per bene questa ! »

Ma fare cosa ? Era rimasto solo e non gli restava altro che la sua pittura e i suoi pennelli.

**

Le uscite giornaliere si erano fatte sempre più rare e si limitavano al negozio all'angolo. Certe volte chiedeva persino alla signora di portargli qualche provvista per non dover uscire di casa. Al contrario, quando calava la notte, si recava ogni volta nello stesso posto : il suo ponte. Gli capitava di passarci la notte intera e risvegliarsi la mattina presto quando passavano gli addetti alla raccolta dei rifiuti, i cui rumori metallici lo risvegliava dal suo torpore.

Realizzava una tela dopo l'altra alla luce del lampadario. Ma non arrivava mai ad essere soddisfatto del suo lavoro. I luoghi che rappresentava erano tutti luoghi di Venezia. Questa città dove la luce si mescola a tutti gli angoli, dove il cielo chiaro ha come rivale il verde scintillante dell'acqua della laguna, tutto sulle tele di Dave diventava scuro. Il poco rosso che era presente accanto ai grigi e al nero era vermiglio. Tutto non era altro che riflesso della sofferenza, di un sentimento precipitato.

**

Il vento soffiava attraverso le calli, sferzando le facciate delle case di raffiche di pioggia fredda ; l'inverno annunciava il suo arrivo imminente. Dave si aggiustò la sciarpa attorno al collo. Il suo cappello rotolò a terra. Arrivò sul ponte dei Sogni quando vide un uomo, affacciato al parapetto.

Immediatamente pensò che qualcun'altro forse conosceva il suo segreto. Un misto di angoscia e di rabbia s'impadronì di lui. E se modificasse il ponte? Perderebbe Lisa per sempre. Si avvicinò e gli domandò che cosa stesse facendo.

«Lavoro al restauro dei monumenti della città. Anche sotto la pioggia ! C'era una pietra disgiunta, dunque il mio lavoro è di fare delle verifiche. Che è quello che sto facendo. E successivamente faccio un rapporto a un esperto che decide cosa è opportuno fare. Perseguiamo gli atti vandalici, ma ci sono delle volte nelle quali si tratta di pietre antiche che si staccano, vede. »

Tutto accadde molto velocemente, ben più veloce di quanto non avrebbe immaginato. Si vide spingere l'uomo da sopra il bordo. Come in un film muto, la testa dell'uomo urtò contro il bordo del canale e il suo corpo inanimato finì in acqua. Nessun rumore disturbò il frastuono del vento e della pioggia. Non gli restò che una sensazione di umido sulle mani. Dave scomparve all'angolo di una delle calli inaccessibili della città.

**

Il giorno successivo, fu sotto la pioggia che il commissario Conti arrivò alla centrale di polizia alle 7 e 30. Un'ora prima aveva ricevuto una chiamata dell'ispettore Zanioli che gli segnalava che alcuni pescatori avevano rinvenuto un corpo alla fermata di Giardini. Zanioli, veneziano di Murano, era da due anni il vice del commissario e aspettava una promozione per ottenere un posto a Padova, dove abitava con la moglie e i loro tre figli.

La barca della polizia attendeva il commissario con motore acceso, e il pilota già a bordo che gli tese la mano per facilitarne la salita. Una volta poggiato un piede, la barca di allontanò dalla banchina.

«Qualche informazione sulla vittima ? » Domandò il commissario.

«Non ancora. Alcuni pescatori hanno segnalato un corpo incastrato tra i blocchi della fermata di Giardini. Il medico legale è già sul posto. Ne sapremo di più una volta arrivati. »

Seduto in fondo alla cabina, il commissario guardava dal finestrino. La pioggia e il vento erano ancora più forti, l'inverno era arrivato per davvero a Venezia.

La barca discese il canale velocemente, poi svoltò a sinistra e proseguì nel bacino. All'altezza di Giardini la motovedetta della polizia rallentò per avvicinarsi al marciapiede.

72

Il medico legale attendeva le istruzioni del commissario.

«Buongiorno Silvio. »

«Buongiorno Uberto. Abbiamo proceduto ai primi rilievi. Ti aspettavamo per spostare il corpo. »

Il commissario fece segno ad alcuni poliziotti armati di corde, e due agenti si avvicinarono al cadavere. Dopo averlo legato saldamente, lo issarono sulla riva. L'ambulanza aveva già accompagnato i due barellieri che attendevano al coperto, sotto la pensilina, l'ordine di trasportare il corpo in ospedale per l'autopsia.

«Mettetelo là, che sia al coperto almeno. Che tempo da lupi per morire ! »

Il medico legale iniziò ad analizzare il cadavere.

«La suspense è intollerabile sotto la pioggia, Dottore ! Silvio rendici partecipi delle tue scoperte, che almeno la finiamo qui ! »

«Trauma alla nuca e annegamento, un classico. Ma bisognerà attendere l'esito dell'autopsia per stabilire quale dei due è stato fatale. Ematoma craniale. Colpo violento o caduta dall'alto. Scommetto che troverò diverse contusioni sulle parti che hanno urtato il suolo, le farò rapporto. Due opzioni : ha perduto conoscenza in seguito al colpo ricevuto alla testa e poi è annegato, o il solo colpo gli è stato fatale. Cosa più che probabile dal posizionamento della caduta. Avrò la conferma in tarda mattinata. Per quanto riguarda l'ora dell'accaduto, direi tra le ventidue e mezzanotte. »

«Grazie, tienimi al corrente non appena ci sono novità.»

Il commissario fece segno ai barellieri, che trasportarono il corpo.

**

Il ritorno al commissariato avvenne nel più assoluto silenzio, e fu solo dopo che il calore del caffè si diffuse nelle loro vene che il commissario riprese la parola.

«Brutto tempo ! Brutta storia ! Ci sono delle mattine come questa... »

Raggiunsero le loro scrivanie senza dire altro.

Un'ora dopo il commissario chiamò l'ispettore Zanioli.

«Puoi venire nel mio ufficio ? »

«Arrivo subito commissario. »

**

L'ispettore bussò alla porta per segnalare il suo arrivo ed entrò subito nell'ufficio del commissario.

«Ho diffuso la fotografia della vittima all'ufficio scomparsi. »

«Perfetto ispettore. Io ho avuto un colloquio telefonico con uno specialista della gestione della Laguna e dei canali. Date le correnti e la marea di ieri sera, hanno concluso che l'uomo doveva trovarsi nel sestriere di Castello. Ci sono quattro canali che sfociano nel luogo dove è stato ritrovato. Occorre visionare le registrazioni delle telecamere di sorveglianza. In attesa della conferma dell'ora esatta della morte da parte del medico legale, possiamo ipotizzare un arco temporale che va dalle 22 a mezzanotte. Ho inoltrato la domanda e non appena saranno disponibili andrai a prendere le registrazioni. Mi hanno detto che dovrebbero essere pronte per mezzogiorno. Cerchiamo un'aggressione o un incontro tra almeno due individui su un ponte o sulla sponda di un canale. O su un balcone. Se c'è stata qualche forma di lotta non escludiamo i balconi. »

«Una lite famigliare finita male ? »

«Se così fosse non vorrei finire tra le braccia di sua moglie ! »

**

Arrivato al suo appartamento, Dave si era subito messo a letto, fradicio per la pioggia, infreddolito dal vento, e perseguitato dalla scena che si era svolta sotto i suoi occhi. Era stato lui, del resto, l'attore principale di questa tragedia. Tremava, di freddo, di febbre, e mormorava in un sonno febbricitante.

«No. Non si può sapere. Il mio segreto. La mia Lisa. Ritornerà»

**

La pioggia sbatteva sulle persiane della sua camera. Erano già le 9 quando Dave si risvegliò da una notte piena di incubi e deliri. Si era svegliato con la sensazione che Lisa era lì, vicino a lui. La realtà, amara, lo addolorò. Non gli restava che una cosa da fare. Doveva dipingerla, per farla apparire.

Si alzò in fretta, afferrò l'impermeabile, la sua borsa e le sue matite, e uscì di casa. Il volto di Lisa era scolpito nella sua mente, gli bastava chiudere gli occhi

75

per vederla sorridere. Aveva solo bisogno di trovare il luogo giusto per farle da sfondo. Si incamminò verso Giardini. Avrebbe potuto utilizzare i fiori, gli alberi e gli arbusti, oppure catturare un cielo tra una pioggia e l'altra. Vicino a Giardini, vide un'assemblea attorno alla pensilina. Eppure, non era né il momento né il periodo per imbarcazioni turistiche. Continuò a camminare verso la sua destinazione quando vide arrivare e accostarsi una motovedetta della polizia, dalla quale scesero dei poliziotti che si dispersero tra la folla. Dave si fermò, esitò un istante, poi imboccò una via parallela alla banchina dove poteva avvicinarsi senza essere visto. folla

La scena alla quale assistette non era quella che aveva immaginato : il corpo di un uomo era stato ripescato. Immediatamente, si ricordò della notte appena trascorsa. La pietra, il ponte, il suo gesto, la fuga.

Ritornò in fretta sui suoi passi, turbato.

Il volto di Lisa sarebbe stato più che sufficiente.

**

Verso le 15, l'ispettore, che era andato alla centrale di videosorveglianza, arrivò al commissariato con i filmati delle telecamere di sicurezza dei sestieri interessati. Salì direttamente all'ufficio del commissario.

«Ecco la chiavetta USB con tutti i filmati delle telecamere che abbiamo richiesto, puoi visionarli direttamente sul tuo computer, il programma è istallato. »

«Grazie mille. Se non ti dispiace, puoi far partire il tutto, lo guardiamo insieme, non mi sento molto a mio agio con la tecnologia. »

«Nessun problema. »

«Nel frattempo, vado a fare due caffè, è una cosa che mi riesce meglio. »

L'ispettore si sedette sorridendo e inserì la chiavetta nel computer. Poco moderni, finiva sempre così quando si trattava di utilizzare degli apparecchi elettronici. Il commissario avrebbe certamente potuto fare da solo, ma di fronte alla tecnologia sembrava innervosirsi nonostante fosse lui il primo a lodarne l'efficacia e il tempo che si guadagnava ad utilizzarla. Forse per comodità, forse per paura di non riuscire a utilizzare il computer, preferiva astenersi dal farlo. Sia come sia ! Il caffè che preparava con la moka del suo ufficio era il migliore del commissariato, e ne avrebbero avuto parecchio bisogno data la quantità di file presenti sulla chiavetta. Accese il computer e caricò il primo video. Nel tempo che il filmato si caricasse il commissario posò due tazze fumanti sulla scrivania.

Cominciarono a visionare il file accelerando un po' la velocità del filmato. Le calli non erano particolarmente affollate in quelle ore e non rischiavano certo di non vedere qualcosa. Nel primo filmato non c'era nulla, ad eccezione di due passanti che si incrociavano. Un secondo filmato, poi un terzo, una ricarica di caffè, ma ancora niente. Le immagini che scorrevano erano spesso annebbiate per via del vento e della pioggia, di tanto in tanto si formavano persino dei puntini sullo schermo a causa dell'oscillazione del teleobbiettivo e delle gocce che lo ricoprivano, trasformando i passanti in forme poco chiare. Dopo cinque filmati visionati non avevano trovato nulla che potesse assomigliare a quello che cercavano.

«Fermo ! Là ! »

Sullo schermo si vedeva il ponte dei sogni. Una figura, di schiena, si sporgeva dal parapetto del ponte. Un'altra figura si avvicinava, resa immobile dal fotogramma.

«Continuiamo a rallentatore. »

«Ok. A giudicare dalla corporatura direi che si tratta di due uomini. Quello che si sta avvicinando deve essere alto all'incirca 1 metro e 80. »

Sullo schermo, quest'uomo aveva in mano qualcosa di rettangolare. Si fermò all'altezza dell'altro sporto dal parapetto.

«Ma cosa sta facendo quello sporto così ? »

«Non sta bene, o sta cercando qualcosa. In ogni caso, tenta la fortuna ! »

L'immagine si annebbiò di colpo. Quando tornò, l'uomo aveva afferrato alle spalle quello che un attimo prima si sporgeva dal parapetto. Poi l'immagine si annebbiò di nuovo, per qualche secondo, sufficiente perché l'uomo che si sporgeva non apparisse più sullo schermo. L'altro uomo, sempre in piedi, un po' più spostato sulla destra, si allontanava in fretta.

«Sono loro ! Disse il commissario. È il ponte dei sogni. Dobbiamo sbrigarci ispettore, avvertiremo la scientifica di raggiungerci mentre siamo per strada.

Forza, muoviamoci prima che la pioggia cancelli ogni traccia. »

**

L'imbarcazione risalì il canale poi accostò ai piedi del ponte che figurava nel video. Il commissario e l'ispettore scesero, e cominciarono ad esaminare il ponte e il bordo del canale. Niente. Nessuna traccia di sangue. La pioggia lava il passaggio degli uomini.

«Commissario, qui non c'è nulla. »

«Delimita comunque il perimetro, la Scientifica non dovrebbe tardare. Salgo sul ponte per vedere se trovo qualcosa. »

Il commissario Conti salì gli scalini che portavano al ponte e si sporse dal parapetto come aveva fatto l'uomo che era stato assassinato la sera prima. Non c'era niente nel canale né sul marciapiede che potesse attirare l'attenzione di qualcuno per tanto tempo. Osservò il parapetto, che sembrava un parapetto qualunque. Vide che tra due pietre era stato raschiato del cemento. Forse era stato l'uomo stesso a raschiarlo, vai a sapere cosa passa per la testa della gente. Avrebbe chiesto al medico legale se avesse trovato qualche traccia sotto le unghie della vittima.

Era immerso nelle sue riflessioni quando arrivò la squadra di specialisti. Si avvicinarono un uomo e una donna vestiti con una tuta bianca, e, dopo aver salutato il commissario, cominciarono il loro lavoro.

Il cellulare del commissario Conti suonò.

«Spero che tu abbia delle buone notizie per me dottore, disse il commissario. »

«Sì, Uberto. Se ancora non lo sai, abbiamo l'identità dell'uomo. »

«Ah bene ! Quando pensi che abbiamo un servizio giudiziario ben equipaggiato, con a disposizione la stessa tecnologia dell'Interpol, che dovrebbe darmi dei risultati in meno di un'ora e che invece è lei a fare il loro lavoro ? Mi domando dove andremo a finire ! »

«È un concorso di circostanze commissario. Uno dei barellieri incaricato del trasferimento del corpo in sala autopsie l'ha riconosciuto. Si chiama Giovanni Scalla. È un suo parente, un cugino alla lontana, ma che abita anche lui a Venezia. Lavora per il comune presso la conservazione e il restauro dei monumenti. È tutto quello che Marco, il barelliere, sa di lui, non si frequentavano molto. »

«Grazie Silvio, prendo nota. E i risultati dell'autopsia ?»

«Ora della morte, tra le 22,15 e le 23. Non posso essere più preciso, tra la pioggia e l'acqua salata... il colpo alla nuca è la causa della morte. Corrisponde a una caduta sulla pietra da circa 3 metri di altezza, qualche residuo di granito era tra i tessuti. Abbiamo trovato inoltre della silice sotto due unghie. Generalmente si trova nelle pietre o nei composti che servono da mortai. »

«Stavo giusto per chiedertelo. Che efficacia ! »

«Al tuo servizio ! Queste sono le cose principali, il resto, lo troverai nel mio rapporto, te lo invio immediatamente. »

«Grazie dottore. A presto. »

«Sarebbe meglio dire al più tardi ! »

«Non me lo dire. »

Gli agenti avevano delimitato la zona con del nastro fluorescente. Mentre uno fotografava il luogo dell'impatto, l'altro prelevava qualsiasi indizio che potesse essere collegato al crimine. Il commissario raggiunse l'ispettore.

«Il medico legale mi ha confermato che la morte è avvenuta a seguito dell'impatto. Abbiamo dei nuovi elementi. La vittima si chiamava Giovanni Scalla. Sistemava le pietre del ponte, è per questo che non si è voltato mentre l'altra persona arrivava alle sue spalle. Dobbiamo rientrare al commissariato, riguardare i filmati e allargare il perimetro delle ricerche. Deve esserci una telecamera che ha ripreso il volto del sospettato mentre si allontanava. »

**

L'ispettore e il commissario fissavano lo schermo da ore. Era notte ormai da molto tempo. Non avevano trovato ancora niente di quello che cercavano.

«Giriamo in tondo commissario. »

«Grazie, nel caso non me ne fossi accorto. C'è da credere che sia desideroso delle nostre serate tête-à-tête...»

«A chi lo dici ! »

«Preferirei passare le mie serate altrove che girare in tondo a questo caso. Abbiamo troppi pochi elementi, qualcosa ci sfugge. »

L'ispettore abbozzò un sorriso.

«E io starei molto meglio a casa mia ad occuparmi dei miei figli. Esco presto la mattina, e la sera sono già a letto quando rientro. E crescono così in fretta, ho l'impressione di stare sbagliando tutto. »

«Su, coraggio, l'avrai, la tua promozione. Quando a noi, finiremo per prenderlo il nostro tipo. Ricominciamo da capo. Rimetti il video del ponte. Abbiamo perso qualcosa, è sicuro. »

L'ispettore si mise al lavoro.

«Là, torna un po' indietro, stop ! Ingrandisci su quell'oggetto che tiene in mano. »

L'immagine si ingrandì e si riempì di pixel.

«Che cosa vedi ? »

«Direi che è una borsa, di quelle che si usano per dipingere. Se ne vedono dappertutto sottobraccio agli artisti che vagano per le strade. Non è tinta unita, c'è un disegno sopra. Là, sembrano degli occhi. Sembra ci sia anche una bocca. »

«Sì, e il naso. È un ritratto, e a giudicare dalla forma di quello che vedo, sono dei capelli lunghi, quindi sicuramente di una donna. Possiamo stamparla in modo nitido ? »

«Ripulendo la risoluzione e inviandola alla stampante del Comandante, dovrei riuscire ad ottenere un'immagine non troppo brutta, ma non prometto niente. »

«Perfetto, chiamo per avvisare e scendo a recuperare le stampe. »

Si trattava sicuramente della borsa di un pittore ma questa era stata personalizzata con un dipinto femminile dal suo proprietario. La fotografia in bianco e nero era sufficientemente precisa da rivelare il volto di una ragazza molto bella. Niente permetteva di sapere con certezza se il dipinto era vero o inventato, ma permetteva di riconoscere la borsa e il suo proprietario tra la massa di artisti che abitavano la Città dei Dogi. L'inchiesta si annunciava complicata.

IV

Faceva caldo a Roma in questo fine settimana di aprile, Lisa uscì dal suo ufficio e prese un taxi per la Stazione. La mattina aveva preso con sé la valigia per non dover ripassare dall'hotel e poter prendere il primo treno diretto a Milano. Dopo cinque giorni di lontananza, era ben contenta di rubare qualche minuto in più per poter stare con George e arrivare prima di cena.

Seduta nella sua poltrona in prima classe, scorreva alcuni appunti presi durante la settimana. Gli ultimi giorni erano stati fruttuosi per lei e la sua equipe. Avevano scoperto delle tombe del XIV secolo a più di 8 metri di profondità, e anche delle sepolture. Per il momento ne erano state riportate alla luce una decina, ma speravano di trovarne altre. Le analisi al carbonio 14 avevano permesso di datarne le origini. Ma quello che aveva confermato la datazione e quello che affascinava Lisa erano delle iscrizioni ebraiche trovate sulla pietra. Le iscrizioni infatti tracciavano una parte della loro storia. Sembrava avessero scoperto un antico cimitero medievale della comunità ebraica che, dopo essere stato abbandonato, si era trasformato in un ghetto, e successivamente era stato raso al suolo per lasciare il posto alla costruzione della cinta muraria della città eretta dai Papi nel XVII secolo. Per un attimo ripensò al giorno nel quale, ancora a Venezia con Dave, aveva scoperto su un ponte delle iscrizioni simili a queste. Anche se aveva ormai dimenticato lo spiacevole ricordo della sua relazione fallita con Dave, un brivido le scorse lungo le braccia, nonostante il sole che arrivava dal finestrino. Si coprì con la giacca. Forse era l'aria condizionata del treno ad essere un po' troppo fredda. Ripose gli appunti nello zaino e prese un libro da leggere per tenersi occupata durante il resto del viaggio.

**

George aveva riservato un tavolo alla Trattoria Toscana. Situato a poca distanza dalla loro casa, questo grazioso ristorante era il primo locale nel quale avevano cenato insieme. Ci andavano regolarmente, ma questa volta George aveva preparato qualcosa per arricchire il dessert. Era passato in gioielleria per ritirare il solitario che aveva scelto per Lisa. Tutto era pronto per la sua proposta.

**

L'aria era fresca la mattina, e i raggi del sole ancora timidi. Il commissario camminava con passo deciso verso il suo ufficio. Era in anticipo e decise di fermarsi a prendere un caffè e un croissant poco prima del ponte di Rialto. Si sedette nella terrazza per godere del risveglio della città.

Scorse l'ispettore Zanioli che camminava spedito in direzione del commissariato. Lo chiamò.

«Ciao Zanioli ! Hai l'aria di andare di fretta così di mattina presto, vieni a prendere un caffè. »

«Ciao commissario ! Il treno da Padova era puntuale, ma il vaporetto era pieno, come al solito, così ho preferito andare a piedi. Volevo arrivare presto perché ho delle informazioni sulla nostra inchiesta di Giardini. Ma dato che sei qui, una piccola pausa non si rifiuta. »

«Cosa prendi? »

«Solo un caffè.»

Fece segno al cameriere che ripartì con l'ordinazione, mentre l'ispettore tirava fuori alcuni documenti.

«Allora, novità sull'inchiesta ? »

«Sì, penso di avere qualcosa che può portare un po' d'acqua al nostro mulino. »

«Da non crederci ! »

«Ecco cosa ho ricevuto. Scalla era ufficialmente un tecnico impiegato in comune come già sai, ma agli uffici di Roma, è schedato come membro di un Ordine, dal nome piuttosto misterioso in effetti, legato ai monumenti storici. Si pensa che questo ordine abbia dei legami con il traffico di oggetti d'arte, ma non sono che supposizioni perché non è ancora stato trovato niente di concreto. »

«Mm, questo potrebbe spiegare il regolamento di conti sul ponte. Un affare di scambio finito male. »

«Potrebbe. Ma in effetti è tutto un po' vago, perché fino ad ora non è ancora stato trovato nulla che leghi realmente quest' Ordine alla criminalità. »

«Hai altre informazioni a proposito ? »

«Ecco, mi sono informato e ho trovato questo. »

Porse un foglio al commissario, che lo lesse.

«... Un ordine segreto composto da collaboratori la cui gerarchia è molto complessa. I membri più influenti sono generalmente degli storici, ma è innanzitutto una rete molto fitta di collaboratori che permette all'ordine di essere attivo. »

«Sì, ancora una di quelle reti tentacolari, ma dall'aria inoffensiva. Continua a leggere, un po' più sotto. »

«... Cercano di provare la veridicità di leggende, miti e altre storie folkloristiche legate alla storia delle città, spesso alla ricerca di tesori perduti. »

«Ecco, dunque in poche parole non è un'organizzazione criminale propriamente detta, e le fedine penali dei loro membri, e i membri schedati sono certamente meno numerosi dei membri supposti essere dell'organizzazione, le loro fedine penali dunque, sono pulite. Sono delle persone del tutto comuni dagli impieghi normali. Che è quello che fa la forza della rete, questa diversità, direi, di reclutamento. Hanno occhi e orecchi dappertutto, e acquistano informazioni, per piccole somme, in cambio, supponiamo, di denaro, o di promesse di ricompense, a seconda del valore dell'informazione. »

«Vedo. E quindi Scalla faceva parte di quest'Ordine ? »

«Apparentemente. Era, anche se non è ancora certo, piuttosto in basso nella gerarchia. Il tipo ad aver ricevuto le informazioni da qualcuno, o da più persone, e ad essere passato all'azione. »

«Mm, quindi la testi dello scambio finito male è plausibile. »

«Sì. »

«Di conseguenze, potrebbe essere legato a un disegno o una pittura, data la borsa che compariva sul video di sorveglianza. Ma ci sono ancora troppi pochi elementi per affermare qualsiasi cosa con certezza.

«Esatto. »

Il commissario fece un sospiro.

«Bene, teniamo occhi e orecchi ben aperti. Nell'attesa, anche se questo primo raggio di sole ce li farà richiudere, credo sia arrivato il momento di andare al commissariato ! »

**

Al commissario era stata affidata una nuova inchiesta. Una rete di trafficanti di oggetti e di contraffattori si era installata a Venezia e in tutta la regione. La richiesta era arrivata direttamente dal suo comandante. Il sindaco e alcuni consiglieri avevano insistito perché l'inchiesta fosse portata a termine rapidamente e che il traffico venisse interrotto il prima possibile. Questo traffico illecito stava indebolendo l'economia e intaccando il prestigio dei politici.

Il commissario aveva già parecchio lavoro da fare e le inchieste che procedevano a rilento furono messe da parte in attesa di risolvere questa urgenza. Il fascicolo del cadavere del ponte di Castello si ritrovò in fondo alla pila di dossier.

**

I numerosi giorni festivi del mese di maggio avevano permesso a Lisa di fare una pausa. Per una settimana intera niente viaggi tra Milano e Roma. George non aveva potuto ottenere la stessa cosa. Il giovedì era festa, e lui aveva in programma un appuntamento per il venerdì a Venezia. Aveva in mente di approfittarne e di andare insieme a Lisa per passare un week-end insieme.

Erano domenica e passeggiavano in un parco vicino a casa, approfittando dei primi raggi di sole primaverili.

«Che piacere passeggiare oggi ! Esclamò lei. »

«Sì, il tempo è splendido. È un gran bel week-end. »

«Penso che ci tornerò lunedì da sola dato che tu lavori. È calmo qui, con il canto degli uccelli, mi rilassa. »

«Puoi venirci anche tutta la settimana se vuoi, ma giovedì è festa, e ho un appuntamento venerdì mattina a Venezia. Mi stavo dicendo che potresti accompagnarmi e che potremmo approfittarne per restare tutto il week-end. »

Lisa si fermò. Ripensò al suo soggiorno a Venezia con Dave. Era destabilizzata, non sapeva cosa rispondere a George, il quale si sarebbe aspettato un po' più di entusiasmo alla sua proposta. Lei ripiegò con una risposta evasiva.

«Perché no, devo solo verificare di non avere niente in programma per venerdì. »

«Pensavo ti avrebbe fatto piacere ritornarci insieme. »

«Sì, sì, è così, non so, è solo un po' inaspettato, non me l'aspettavo. Vedremo d'accordo ? »

«Va bene. Vieni, andiamo a prendere un caffè al chiosco. »

Si diressero verso il centro del parco dove c'era un chiosco con una distesa. George non aggiunse altro. Sapeva che una visita medica, uno spettacolo o un'uscita dell'ultimo minuto con le amiche sarebbe stato un ottimo pretesto.

La mattina si conclude. Ritornarono passeggiando verso il loro appartamento. Mentre avevano bevuto il caffè Lisa aveva ripensato alla risposta illogica che aveva dato a George. Era stata proprio sciocca. La sua storia con Dave non era altro che passato. Non poteva rifiutarsi di andare a Venezia per questo, soprattutto con George. Rigirava nervosamente l'anello che gli aveva regalato intorno al suo dito. Questo week-end a Venezia, lui doveva avere pensato che sarebbe stata una bella occasione per passare del tempo insieme, da innamorati, e lei gli aveva risposto come se le avesse proposto un gulag. Si sentiva in colpa. Una piccola vacanza non avrebbe potuto che fare bene ad entrambi. Poi Venezia era una città grande, sarebbe stato difficile incontrare Dave, e poteva anche darsi che lui avesse già lasciato la città. Al massimo le sarebbe bastato evitare il sestriere di Castello dove Dave abitava. Lisa si fermò, mise le mani sui fianchi di George, gli si avvicinò è lo baciò. Poi gli disse che accettava l'invito, e che sognava di giocare con lui a Romeo e Giulietta dal balcone della loro camera d'albergo.

«Ma è a Verona ! »

«Che importanza ha, basta che siamo innamorati ! »

George le sorrise, e senza fare altre domande, malgrado il suo stupore, le cinse le spalle, la strinse a lui e l'abbracciò.

**

Il Signor Ravagnelli uscì di casa, sestriere San Polo, pronto per la sua camminata mattutina. Amava comminare per le calli di Venezia la mattina. Questa camminata gli permetteva di mantenersi in forma, lui che passava tutta la giornata chiuso nel suo ufficio. E poi gli piaceva assaporare la città, i profumi, i colori, le vibrazioni.

Il commissario dell'esposizione della Biennale di Venezia trovava nella calma del mattino una profonda fonte d'ispirazione, e un viavai di artisti che si rinnovava di continuo. Come ogni giorno, cambiò itinerario nella speranza di incrociare i numerosi artisti, pittori, scultori o musicisti che si installavano per tutta la giornata a lavorare tra le calli. Artisti che restavano per una stagione, certi, una volta racimolati un po' di soldi, si spostavano verso altre città. C'era anche chi rimaneva per più tempo, quelli che, abitando dall'altra parte della laguna in qualche camera più abbordabile, transitavano ogni giorno per andare ad abbeverarsi insaziabilmente alla fonte d'ispirazione che era la Città dei Dogi.

I sedentari lui li conosceva bene. Erano i nuovi quelli che cercava. Era forma di distrazione, una semplice passeggiata o reale esigenza di coltivare il suo talento di scopritore ? Aveva poca importanza. Sua moglie, tra gli altri, gli diceva che perdeva il suo tempo e che bastava la sua reputazione a far sì che gli artisti gli si presentassero da soli, senza bisogno di andarli a cercare. Tuttavia, lui continuava, e poteva essere orgoglioso di scoprire ogni volta qualche perla rara e inaspettata agli angoli delle calli.

Attraversò il Ponte di Rialto ben prima che i commercianti aprissero le loro botteghe. Imboccò la Salizada San Lio, situata di fronte al ponte vicino a Campo San Bartolomeo, in direzione dell'Arsenale. Contava di passare per Giardini e raggiungere il suo studio.

Aveva il passo rapido, segno di riconoscimento dei veneziani, che salivano e scendevano per i ponti con costanza e agilità come se si trattasse di un semplice marciapiede.

All'uscita di Campo Santa Maria Formosa scorse un pittore davanti al suo cavalletto, con in mano un raccoglitore. Si avvicinò, sicuro di non averlo mai visto prima in quest'angolo della piazza. Gli habitué di solito si mettono nelle arterie principali o in mezzo alle piazze.

«Buongiorno, sono un amante dell'arte e mi interesso molto alle nuove creazioni. Non l'ho mai vista da queste parti. È da poco a Venezia ? »

Attaccava sempre allo stesso modo : cercava di guadagnarsi la fiducia del pittore, gli faceva capire che non era un semplice curioso venuto ad importunarlo durante il suo lavoro, e cercava di dissipare ogni dubbio sul fatto che non era né un ispettore del lavoro né tantomeno controllore delle tasse.

«Buongiorno, gli rispose il pittore senza alzare gli occhi dalla tela. Non frequento i luoghi affollati. Non dipingo per i turisti, anche se tutti ne hanno bisogno, ho la fortuna di potermi permettere di dipingere solo ciò che segue la mia ispirazione. »

Il suo tono di voce era leggermente freddo senza però dare l'impressione di voler chiudere la conversazione. Si sarebbe detto che era fiero di essere libero e che non lo nascondeva affatto. Lo rivendicava e sembrava approfittare dell'occasione per dichiararlo in faccia al mondo, in quel momento nella persona del commissario dell'esposizione.

«Lo vedo, in effetti. La sua rappresentazione della cattedrale non è certo quella che si vede comunemente tra le mani dei turisti. »

«Amo trasmettere nelle mie tele quello che sento : il messaggio dei monumenti che è iscritto nel fondo della mia anima. »

Ravagnelli lasciò che tra di loro calasse il silenzio. Sapeva che aveva a che fare con un artista originale, che forse credeva un po' troppo in sé stesso, ma che aveva quel qualcosa che faceva la differenza in un'esposizione. Questa cattedrale non aveva niente di giubilante o di magnifico : nelle mani del pittore, sembrava essere divenuta il condannato a morte in una piazza di esecuzione. Un brivido lo percorse.

Ruppe il silenzio per chiedergli se fosse a Venezia da molto tempo.

«Sì, da circa otto mesi. Sono americano, ma arrivo da Parigi. Inizialmente sono venuto qui per qualche giorno, poi per qualche settimana, e infine per qualche mese. La magia di Venezia, giusto ! »

«Ha altre tele finite o in attesa di qualche ritocco ? »

«Ho qualcosa con me, dei disegni soprattutto. Ma tutto questo richiede ancora molto lavoro. C'è molto da fare per esprimere tutto, queste tele sono così esigenti. »

«Carlo Ravagnelli. Sono veneziano e piacere di conoscerla, Signor... »

«Dave Burnside. »

«Adorerei dare un'occhiata alle sue tele, se me lo permette. »

Dave, che continuava a dipingere, fece un cenno con la testa in direzione della sua borsa, nella quale Ravagnelli trovò tre tele. Le osservò con attenzione.

«I suoi quadri parlano da soli. Lei è un po' troppo severo quando dice che hanno bisogno di una rifinitura. Le trovo perfette, direi anche perfettamente compiute. So che gli artisti non sono mai soddisfatti, ma le parlo per esperienza. Sono davvero dei bei dipinti. »

«Grazie. In genere sono soddisfatto quando ne termino una, ma non appeno ne inizio una nuova, ho come l'impressione che manchi qualcosa a quella precedente. »

«Capisco, capisco. Ascolti, se lei vuole, le propongo un appuntamento così che possa mostrarmi le altre opere « finite ». Posso venire nel suo atelier e fare un inventario di quello che si potrebbe esporre. »

«Esporre ? Sarebbe a dire ? »

Dave smise di dipingere.

«Eh già, mi scusi non ho finito di presentarmi. Sono commissario alle esposizioni e lavoro per la Biennale di Venezia. Potrei, e mi piacerebbe trovare uno spazio per le sue tele. Il mese prossimo ho giusto un cambio di esposizione in cinque padiglioni. Posso proporgliene uno. Lei ha una visione di Venezia molto particolare. I suoi quadri devono essere visti da tutti. È importante.»

«Ci rifletterò. »

«È tutto già pronto, ecco il mio biglietto da visita. Mi telefoni per confermare l'ora e darmi l'indirizzo del suo atelier. Rifletteremo insieme su come organizzare il tutto. »

Quella sera non appena squillò il telefono, Ravagnelli sapeva che si trattava di Burnside che lo chiamava, e che accettava un appuntamento.

**

Alle 10,30 Ravagnelli lasciò il suo ufficio per recarsi nel sestriere di Castello. Trovò al primo colpo l'ingresso della casa veneziana che Dave gli aveva comunicato per telefono, suonò al terzo e ultimo campanello, che, come immaginato, non aveva indicato il nome di Burnside.

«Le apro, solo un attimo. »

Ravagnelli aprì il pesante portone dell'ingresso. Arrivato al piano, Dave lo attendeva sul pianerottolo, vestito con un paio di pantaloni di tela color antracite, una camicia bianca e dei mocassini grigi.

«Vedo che ha smesso la sua divisa da artista oggi, Dave. Posso chiamarla Dave ? »

«Ma certo. »

«E lei può chiamarmi Carlo. »

«Molto bene, Carlo. A dire il vero ho terminato la mia ultima tela molto tardi ieri notte. Quindi ho dormito poco. Mi sono vestito da poco, sarà per questo che ho l'aria di essere fresco e riposato. »

«Le riesce molto bene ! Ah, la vita d'artista ! »

Appena entrati Dave mostrò una tela a Ravagnelli.

«La mia ultima creazione. È ancora fresca, non l'ho ancora verniciata. Ma dimentico le buone maniere. Posso offrirle un caffè ? »

«No grazie, ne ho già preso uno in ufficio prima di venire qui. »

«Ne faccio uno per me, ne prende un altro ? »

«Dai, in questo caso le faccio compagnia. »

Mentre Dave preparava il caffè, Ravagnelli guardava il nuovo dipinto. Era sorprendente quanto quello che rappresentava la cattedrale, che aveva visto ieri, e altrettanto riuscito. Si guardò intorno ma non vide nessun quadro nella stanza.

«Quante tele ha dipinto a Venezia ? »

«Direi una ventina più qualche carboncino, quindi una trentina in tutto. »

Tornò dalla cucina con il caffè servito su un vassoio.

«Il caffè è il miglior amico dell'uomo. Sempre fedele. Direi anche che sia la cosa più terapeutica che esista. »

«Sono d'accordo con lei. Dovrebbe essere rimborsato come alcuni farmaci. Per lo meno il caffè italiano, ovviamente ! »

«Ah, questo è certo ! Se fossi presidente la nominerei all'istante Ministro della salute ! »

Dave levò la tazza come fosse un bicchiere di vino, bevve un sorso ancora bollente, sorrise soddisfatto, poi si avvicinò a un grande armadio in legno chiuso a chiave :

«Sono qui. Le chiudo a chiave per diverse ragioni. La luce ovviamente, la polvere e gli insetti. Ma anche perché qualche malintenzionato non le prenda per opere di valore e le rubi se dovesse verificarsi una rapina. »

«Ha ragione, non si può mai sapere. Venezia è una città tranquilla, ma ci sono persone che non esitano a commettere crimini orrendi per qualche oggetto di valore. »

Dave tirò fuori le sue tele e le installò sul tavolo e su tutti i mobili disponibili nella stanza.

Ravagnelli si avvicinò, osservandole con attenzione. Erano rappresentati diversi luoghi della città, ma tutti trasmettevano un'emozione simile : desolazione e sofferenza. La più grande, messa al centro del tavolo, rappresentava la basilica, il palazzo dei Dogi e il campanile con la laguna sullo sfondo. Ma sulla piazza non c'era l'ombra delle due colonne di granito, ma quella immensa e lugubre, di una nave da crociera che ricopriva i muri e il pavimento dell'inta piazza. Su un'altra era rappresentato un canale, attraversato da un maestoso ponte di pietra e incorniciato nelle facciate dei palazzi e delle ville che vi si affacciavano. Ma il riflesso sui muri non era quello dei mattoni e delle pietre, ma le macchie sanguinose che mostravano le ferite che l'acqua della laguna infliggeva agli edifici. Queste piccole onde all'apparenza inoffensive create dall'eccessivo passaggio delle barche, delle gondole che trasportavano milioni di turisti, e l'innalzamento dell'acqua, che non faceva che peggiorare a causa del cambiamento climatico ; tutta questa acqua schiaffeggiava di continuo i muri come una lama che tagli le pietre. La vita. La sua vita. Le sue sofferenze, messe a nudo davanti a Ravagnelli, che aveva il cuore in gola. Era potente. Era vero. Era per questo che amava il suo lavoro.

«Non credo sia una buona idea dedicare un intero spazio ai miei quadri. Non credo che piaceranno a tutti. Non dice niente ? È contrariato ? Non ho dipinto con l'intento di esporre le mie opere, può darsi mi serva ancora un po' di tempo, per sistemare alcune cose, perché il tutto sia più...non so...presentabile. »

«Assolutamente no, sono ben lontano dal pensare questo, sono senza fiato, sto semplicemente contemplando. È molto forte quello che trasmette. Serve un po' di tempo per digerire il tutto. »

«Se persino lei non è pronto, questo significa che nemmeno io posso esserlo. Non me la sento di dover parlare del mio lavoro, rispondere alle domande, e fare questo genere di cose. »

«Credo di avere abbastanza esperienza per dirle che nessuno è mai pronto per questo. Ma posso garantirle che è necessario che il pubblico la conosca, che conosca le sue opere. La aiuterò, per la comunicazione, è il mio ruolo. Inoltre, per entrare un po' più nei dettagli, lei non dovrà pagare nulla, sarà tutto a mio carico. Lei non dovrà fare altro che venire al vernissage, bere qualcosa con qualche appassionato d'arte, della sua arte, e mi creda, ce ne saranno. »

**

Erano le 12,30 quando Ravagnelli uscì da casa di Dave. Anche se restava ancora qualche dettaglio dell'esposizione da sistemare con Dave, l'avrebbe fatto telefonicamente in seguito. Si avviò verso casa, dove avrebbe pranzato con sua moglie. Antonella era un'ottima cuoca. Preparava dei gustosissimi piatti che suo marito gustava ogni volta che poteva pranzare a casa. Niente a che vedere con il self-service nel quale pranzava il più delle volte quando Antonella aveva lezione e lui non aveva voglia di prepararsi da mangiare. Lei era insegnante al Dipartimento di lingue dell'Università di Venezia.

Abitavano all'ultimo piano di un palazzo di due piani senza ascensore, come la maggior parte delle case a Venezia. Non appena entrò nell'androne, lo investì un profumo ben conosciuto di risotto. Salì le scale di corsa, incoraggiato dalla ricompensa di un buon piatto in cambio di questo piccolo sforzo.

Una volta entrato, esclamò :

«Ah ! Ecco un profumo che non lascia indifferenti le mie papille gustative ! »

«Sei un gran golosone mio caro, gli rispose Antonella. È pronto, non ho molto tempo quindi se vuoi, ci mettiamo a tavola e mi racconti la tua ultima scoperta mentre pranziamo ? »

«Sì, sì, certo. »

Si sedettero a tavola, dopo il risotto c'era un'insalata. Carlo fece i piatti e iniziò il racconto.

«Allora, è un artista giovane, ma un vero artista e ancora non ne è consapevole. Come accade sempre, non si sentiva pronto a esporre, ma posso assicurarti che le tele che ho visto a casa sua valevano il viaggio. »

«È veneziano ? Chiese Antonella. »

«No, è un americano che gira l'Europa per dipingere, ma arrivato a Venezia è rimasto più tempo di quanto non avesse previsto. Non so molto di più ma i suoi dipinti dicono molto di lui. Utilizza come temi le calli, i monumenti, i canali e le case di Venezia, ma non hanno niente a che vedere con i soliti dipinti turistici che sembrano cartoline acquistate in qualche chiosco. Sulle sue tele si vede una Venezia ferita, triste, che piange e si lamenta delle aggressioni che subisce. Ma attraverso tutto questo è lui stesso che ci racconta la sua vita sentimentale e il suo vissuto. Un amore finito, un abbandono ? »

«Ogni tanto una nota di colore illumina la speranza di un ritorno, altre volte c'è il completo abbandono di ogni speranza. Dipinge le sue emozioni e non vede altro che una città nella quale si identifica. Quando vedrai le sue opere, capirai. Ci sarà un gran clamore. »

«Ebbene, grazie Signor curatore ! Mi hai appena venduto il tuo progetto. È raro vederti così entusiasta. Avete concluso e fissato una data ? »

«Sì, ha finito per accettare e abbiamo fissato la data per il mese prossimo. »

Finirono il pranzo continuando a chiacchierare e in seguito Carlo tornò al lavoro.

Quello stesso pomeriggio, il commissario era seduto alla sua scrivania. Riempire pagine e pagine di verbali non era certo la sua attività preferita, ma doveva dedicargli una mezza giornata ogni tanto. Il telefono squillò. Una voce che conosceva bene lo trasse in salvo da quell'occupazione così ingrata.

«Buongiorno Signor commissario. »

«Buongiorno a lei Signor curatore ! Caro Carlo, non mi chiami spesso ma ogni volta è un grande piacere per me ! E poi capiti a fagiolo, cominciavo ad annoiarmi a compilare dei rapporti. »

«È noto, le mie telefonate sono rare ma di qualità e per tua informazione, sono stato nominato responsabile della gestione della Biennale ! »

«Congratulazioni amico mio ! »

Si conoscevano da quando erano bambini. Si erano persi di vista durante gli studi, per ritrovarsi, grazie ad una felice coincidenza, una volta divenuti adulti e potevano a pieno titolo chiamarsi amici.

«Ho due inviti per te per la nostra nuova esposizione. Il vernissage sarà sabato prossimo. Ho scovato una perla, un po' acerba, ma è delle più belle. »

«Ah ! tu e i tuoi talenti ! Ma non dirmi altro, lasciami un po' di suspense. Ne parlo con Maria e ti do conferma. »

«Perfetto. E, ovviamente, ceniamo insieme dopo l'aperitivo. »

«Con piacere, è passato molto tempo dall'ultima volta, e le nostre mogli saranno felici di ritrovarsi. »

**

Quando il commissario rientrò a casa, erano circa le 20. La giornata era stata lunga e faticosa. Gli ultimi scalini prima di arrivare alla porta di casa gli sembravano infiniti.

«Buonasera, disse di modo che sua moglie si accorgesse del suo arrivo. Si diresse direttamente verso la poltrona e prima di afflosciarvisi prese due bicchieri dalla credenza. »

«Ho qui due bicchieri che attendono un buon vino bianco e fresco ! Disse a voce alta facendo in modo che la moglie lo sentisse. Vorresti prendere la bottiglia che è nel frigo e unirti a me per un piccolo aperitivo ben meritato ? »

Sua moglie prese la bottiglia e lo raggiunse in salotto.

«E che cosa hai fatto di tanto grande per meritarti questo nettare ? Venezia si è sbarazzata di tutti i rapinatori e di tutti i vari trafficanti ? »

«No e sarebbe un'utopia anche solo sperarlo. Ma questo vino mi conferma che, malgrado tutto, esistono anche delle cose belle su questa terra. A parte te, ovviamente ! »

Lei servì il vino. Brindarono facendo tintinnare i calici e dicendo :

«Alla Speranza ! »

Il commissario tirò un sospiro di sollievo dopo il primo sorso.

«Oggi mi ha telefonato Carlo in ufficio. »

«Carlo Ravagnelli ? Pensa, è un bel po' che non abbiamo loro notizie. »

«Sì. Ha scovato un nuovo artista e organizza un'esposizione delle sue opere. Siamo invitati sabato prossimo. Sarebbe una bella occasione per vedersi, cosa ne pensi ? »

«Ecco una gran bella idea ! Così posso sfoggiare il mio abito nuovo. Purtroppo, non ho ancora trovato un bracciale da abbinare. Pensavo di metterlo con il collier di perle. »

«Ah, mi sembra già di vederti ! Un bracciale di perle che trovassi per caso da un gioielliere una sera della settimana potrebbe andare ? »

«Diciamo, dando un'aiutino al caso, sì. »

V

George e Lisa lasciarono l'auto nel parcheggio privato, poi uscirono per prendere un taxi. Il tassista li aiutò a salire e sistemò i bagagli sulla barca.

Lisa scese a sedersi nella cabina mentre George comunicava l'indirizzo al conducente.

«Dove vanno gli innamorati? Domandò il tassista prima che George gli desse l'indirizzo. »

George, per nulla sorpreso del parlare sincero del conducente, gli rispose :

«All'hotel della Giudecca, l'antica fabbrica restaurata. Spero non siano rimasti dei topi! Disse sorridendo. »

«Beh, ottima scelta Signore. In un hotel del genere ci passerei volentieri tutte le notti! Anche se fosse rimasto qualche topo nei pressi delle cucine! Ma può stare certo che non ne vedrà. Il comune ha preso tutte le precauzioni necessarie e tiene le bestiole alla larga dall'isola. »

«Sì, ne sono certo e anche se ce ne fosse qualcuno, tanto meglio per i gatti. Bisognerà che anche loro si tengano un po' in esercizio! »

George raggiunse Lisa nella cabina e il taxi partì in direzione dell'hotel.

Ogni volta che George andava a Venezia per lavoro sceglieva un hotel vicino a Piazza San Marco, per poter essere vicino ai suoi colleghi e avanzare nel progetto europeo del quale era coordinatore. Per questo fine settimana con Lisa, tuttavia, aveva preferito un hotel sull'isola della Giudecca. Così Lisa avrebbe potuto rilassarsi nel certo benessere dell'hotel e approfittare della piscina o andare a fare shopping mentre George si recava ai suoi appuntamenti.

L'hotel era stato costruito su un antico sito industriale, ed era stato fabbricato a partire dai muri in mattoni rossi di una fabbrica dismessa riconosciuta come esempio tipico di stile italiano. Separato da Piazza San Marco dal canale, l'hotel offriva una vista panoramica sulla città di Venezia. George non aveva avuto esitazioni quando aveva programmato questo weekend romantico per il loro ritorno insieme a Venezia.

**

Appoggiata con i gomiti alla finestra della camera, Lisa osservava Venezia da questo punto di vista privilegiato. Il panorama era così maestoso che nemmeno per un istante i suoi pensieri tornarono alla sua prima esperienza della città. George la raggiunse e l'abbracciò teneramente.

«Ho incontrato la donna più bella nella città più bella. Sono molto fortunato ! »

Lei si voltò sorridendo e lo abbracciò. Lui la strinse più forte tra le sue braccia e insieme percorsero i pochi passi che li separavano dal loro letto.

**

Era già tardi quando Lisa e George scesero per pranzare in uno dei ristoranti dell'hotel, rinunciando a cercare una trattoria nei paraggi a un'ora così tarda.

Una volta seduti a tavola, Lisa riconobbe uno dei curatori del *British Museum* che cenava con un uomo che lei non conosceva. Le interminabili giornate passate al British Museum durante il periodo di preparazione della tesi quando si trovava a Londra, l'avevano portata a incontrare Jasper, il quale era stato un aiuto preziosissimo di fronte alle immense collezioni del museo.

Una volta terminato il pranzo, Jasper si avvicinò al loro tavolo e li invitò a sedersi in uno dei saloni dell'hotel per sorseggiare un immancabile bicchierino di Limoncello.

«Lei desidera un ultimo bicchiere non è vero? Disse Jasper a George. »

«È molto gentile da parte sua, rispose George, il quale si voltò verso Lisa e le chiese se non fosse troppo stanca. »

Sì, era stanca e sarebbe volentieri risalita in camera con George, ma l'educazione a volte costringe ad accettare, non poteva offendere Jasper il quale era così felice per la coincidenza, così accettò.

«Con piacere ! Ma temo che il mio stomaco non possa sopportare un altro bicchiere ! »

«Forza ! Seguitemi, disse Jasper con la sua voce da tenore. »

Era un uomo corpulento malgrado non fosse tanto alto, ma ogni volta che dava una conferenza, non aveva bisogno di utilizzare il microfono. Dietro alla sua taglia massiccia ornata da una barba folta si nascondeva un animo dolce e gentile. Lisa lo paragonava a un orso, ma con il cuore di marzapane.

«La sua digestione andrà decisamente meglio dopo aver gustato questo delizioso Limoncello. Infine, potreste terminare la serata al Night-Club. »

«Oh, là, là ! No, credo che finirò la serata arenata sul mio cuscino ! Sempre che riesca a salire le scale e arrivare fino alla camera ! »

Dopo essersi comodamente seduti in salone, Jasper gli presentò la persona con la quale aveva cenato.

«Horacio Tucci è un simil veneziano. Ci siamo incontrati a Venezia per organizzare la conferenza internazionale del museo delle antichità del Mediterraneo. Domani dovrebbero arrivare i nostri colleghi dalla Francia, dalla Spagna e dalla Grecia. »

«Piacere di conoscerla ! Dissero Lisa e George all'unisono. »

«Horacio, le presento Lisa Wood, una studentessa molto seria che ho avuto il piacere di aiutare, o meglio, con la quale ho avuto il piacere di lavorare durante le ricerche che ha fatto per la sua tesi. Era in cotutela presso di noi. Ho sempre ammirato il suo lavoro e la sua tenacia. Le avevo anche offerto un posto nella mia equipe, ma lei ha rifiutato con l'eleganza che la caratterizza ! »

«Horacio, ne abbiamo già parlato ! È molto gentile da parte sua, rispose Lisa. Ma il mio posto a Roma mi piace molto e per il momento non ho in previsione nessun cambiamento. »

«Ah, la passione! Mi sembra che la sua tenacia si rivolti contro di lei Jasper! Disse Horacio. Serve un'esca migliore se vuole portarla via da Roma verso la grigia nebbia inglese. »

«Ah! ah! ah! Ha ragione mio caro! Forza, brindiamo alle nostre passioni! »

**

Il giorno dopo, quando George si svegliò, erano le nove. Gli restava un'ora per prepararsi.

«Serata impegnativa, disse a Lisa che aveva giusto socchiuso un occhio. »

«A chi lo dici! Ho bevuto troppo di quella dolce bevanda al limone. Una vera delizia, ma stamattina non vedo altro che una nebbia fumosa! »

«Prova ad aprire tutti e due gli occhi e dovresti vedere un po' meglio, le disse George mentre faceva un po' di ginnastica mattutina. »

Lei gli lanciò il cuscino e lo mancò.

«Scendo a fare colazione, dormi ancora un po' se vuoi, ti porto un caffè e qualche croissant? »

«Certo che sì. Così avrò tutto il tempo di fare una doccia per provare ad uscire da questa nebbia. Scenderò più tardi per prenotare l'estetista e una sessione di massaggi per oggi. Resterò qui mentre sei all'appuntamento. Dolce far niente e cura del corpo! Ne ho bisogno!»

Dopo aver lasciato il vassoio con la colazione nella loro stanza, George uscì dall'hotel e prese il vaporetto. Si recò a Palazzo Barocci dove, in una sala riunioni dell'hotel, lo attendevano i responsabili della gestione della laguna. Quando arrivò l'assemblea era già al completo. Ai gestionali della Laguna che aveva già avuto modo di incontrare si era aggiunto un rappresentante dell'Unesco e un rappresentante del ministero dell'ambiente. Si prevede una lunga mattinata, pensò.

Nel frattempo, Lisa si trovava nell'hammam dell'hotel. Aveva in programma una pulizia del corpo e un massaggio, pulizia del viso, manicure e smalto. George l'avrebbe raggiunta all'hotel verso le 13 e avrebbero pranzato insieme. Il telefono squillò mentre Silvia, una giovanissima estetista, le stava dando lo smalto sulle unghie dei piedi. Era George. Stavano facendo una pausa, ma la riunione sarebbe andata per le lunghe e avrebbe pranzato lì. Sarebbe stato di ritorno solo verso metà pomeriggio.

«Non ti preoccupare, gli rispose lei. Ho molto da fare e ho già diverse cose in programma. Mi troverai a bordo piscina. Spero non ti trattengano fino a ora di cena, disse in tono ironico, sennò tempo che arrivi avrò la pelle tutta increspata ! »

George rise e riattaccò. Un messaggio apparve sullo schermo del telefonino.

"Torna presto, ti amo."

Avevano l'abitudine di concludere le loro conversazioni con un messaggio quando erano in mezzo ai colleghi. Quelle parole non incoraggiavano certo George a tornare in sala riunioni. Cominciò a pensare che quella mattina avrebbe dovuto trovare una scusa per non recarsi a quella inutile riunione che certamente sarebbe terminata con l'accordo per stabilire un'altra riunione senza che si decidesse nulla di concreto e che tutti pensassero di agire nel migliore dei modi, per approcciare un problema che nessuno avrebbe mai risolto.

Sospirò e tornò a sedersi, sognando Lisa a bordo piscina.

**

Dopo una mattinata di relax e un buon pranzo, George propose a Lisa di approfittare del resto del pomeriggio per fare shopping. Le boutique di lusso erano raggruppate nel sestiere di San Marco, le altre erano sparse per le calli che si estendevano verso i sestieri vicini.

George doveva passare a trovare Dave dopo diversi mesi nei quali non aveva più avuto sue notizie. Qualche tempo prima aveva ricevuto una sua chiamata nella quale gli comunicava che l'enigma del ponte era stato risolto. Ma la chiamata era piuttosto confusa. Gli aveva parlato della scoperta che aveva fatto su un'altra pietra del ponte che sarebbe stata la chiave per risolvere l'enigma, di sogni e situazioni strane nelle quale si ritrovava senza sapere come, il tutto in un groviglio inestricabile al quale si era aggiunta la scarsa qualità della linea telefonica che non era certo stata d'aiuto. George era preoccupato per lui. Non sapeva se quello che aveva ascoltato era il frutto dell'ebrezza di Dave, il quale era arrivato a confondere sogno e realtà, o se attraversava semplicemente una fase di delirio qualsiasi. Tutto quello che era riuscito a dirgli era che sarebbe passato a trovarlo nel corso del suo prossimo viaggio a Venezia e contava di fare un po' di chiarezza su tutto questo.

George sapeva che Lisa aveva cancellato il suo passato a Venezia e lui non le parlava mai in dettaglio dei suoi viaggi nella Serenissima. Del resto, lei non gli faceva mai domande precise in proposito, e lui rispettava questo suo silenzio. Non le aveva quindi mai parlato nel suo amico artista e dei legami che si erano creati intorno al mistero del ponte.

Insieme presero la barca messa a disposizione dall'hotel per attraversare il canale della Salute e raggiungere Piazza San Marco. Arrivati sulla banchina, attraversarono la piazza e, prima di immergersi tra le calli principali disseminate di negozi, George propose a Lisa di iniziare lo shopping mentre lui avrebbe fatto una breve visita ad un amico. Si diedero appuntamento per due ore più tardi nei pressi di Rialto, nel bar che si trovava a fianco della statua di Goldoni. Questo luogo si trovava esattamente a metà strada dai loro rispettivi tragitti, e avrebbe permesso a Lisa di fare una pausa dallo shopping.

Lisa si incamminò per la calle che dal campanile di Piazza San Marco andava in direzione di Rialto. Si fermò davanti a una vetrina nella quale erano esposti una serie di abiti, uno più bello dell'altro. Mentre era intenta ad ammirare la vetrina, la voce cavernosa di un orso certamente fuggito da qualche circo nei paraggi le disse :

«Dovrebbe scegliere quello blu Signorina, le starà a meraviglia. »

Lisa si voltò e sorrise a quel grande gigante buono di Jasper.

«È ancora a Venezia ? Credevo fosse ripartito. »

«Riparto stasera, ma non senza prima aver acquistato un profumo per mia moglie. Sennò è meglio che non rientri affatto ! »

Lisa scoppiò in una risata immaginando quest'uomo grande e grosso offrire un regalo alla sua amata, l'esile e delicata Margaret.

«Mi aggiro qui intorno da ore, non esagero, ma non so proprio che cosa acquistarle, e a forza di sentire dei profumi tutti cominciano ad assomigliarsi e così eccomi qui a mani vuote che prendo un po' d'aria, per ritrovare almeno un po' di odorato. »

«Dato che mi ha consigliato per l'abito, la aiuto per il profumo. »

«Davvero ? Non vorrei farle perdere tempo. »

«Provo quest'abito e poi andiamo in profumeria. Ho tutto il pomeriggio a disposizione per fare shopping. »

Entrarono nel negozio e Lisa chiese alla commessa di provare il modello esposto in vetrina. La commessa le portò il modello in tre colori e li sistemò nell'espositore. Lisa riapparve qualche minuto dopo indossando l'abito blu.

«Splendida ! Le sta a meraviglia, esclamò Jasper. »

«Sì, disse la commessa. È un'ottima scelta. Questo abito in mussolina di seta è molto leggero da indossare, inoltre abbiamo una casacca da sera che si abbina perfettamente. »

«La porti pure, rispose Jasper spontaneamente. È un completo che le servirà per le prossime serate. Avrà senz'altro molte occasioni di indossarlo a Milano, Venezia, Roma, o, lo spero tanto, Londra ! »

Lisa rispose imbarazzata che non aveva previsto di acquistare un completo, ma Jasper non la lasciò finire di parlare :

«Sarà un mio regalo. Glielo devo ! Mi ha sopportata durante i suoi studi e oggi mi aiuta persino nei miei acquisti di profumeria. »

«Oh Jasper, la ringrazio, lei mi mette in imbarazzo. Ma la correggo, non è affatto insopportabile ! È stato un onore potere studiare con lei. »

«Su, su, basta con i complimenti, provi questo e vediamo come le sta il completo. »

Lisa indossò la casacca che la commessa aveva portato e si voltò verso lo specchio.

«Questo completo sembra fatto apposta per lei, Lisa. George la troverà affascinante. »

Lisa ringraziò Jasper ancora una volta, e insieme si diressero verso la profumeria.

Una volta scelto il profumo e impacchettato in una confezione regalo, Lisa e Jasper si salutarono, con la promessa che lei sarebbe passato a trovare lui e sua moglie, non appena fosse tornata in Inghilterra.

**

George prese la direzione opposta. Passò davanti al leone in granito rosso, svoltò dietro la

Basilica e si incamminò tra le calli che lo avrebbero portato a casa di Dave.

Una volta giunto davanti alla palazzina, suonò il campanello anche se la porta era aperta. Dalle scale dell'ingresso proveniva una musica. Pensò che se quel frastuono proveniva da casa di Dave i vicini non dovevano esserne molto contenti, o viceversa. In ogni caso, Dave non doveva aver sentito il campanello, dato che nessuno rispondeva, così decise di salire per verificare che non fosse comunque in casa. La forte musica proveniva dal piano inferiore, e la cosa fece sorridere George : Dave doveva esserne contento se stava cercando di concentrarsi per dipingere ! La porta dell'appartamento era aperta. Infilò la testa nell'ingresso, ma nessuno rispose. Per aver lasciato la porta di casa aperta Dave doveva essere uscito per fare una qualche commissione veloce. George entrò e decise di attenderlo un momento.

In piedi nell'ingresso, George osservò la stanza che era stata trasformata in atelier. Decine di tele erano sparse qua e là, e da quello che poteva vedere la maggior parte era incompleta. George fu preso da una sorta di malessere nel guardarle. I colori utilizzati non avevano niente a che vedere con i colori della città e trasmettevano ai luoghi un'impressione di inquietudine. Sì, proprio così, le tele erano scure, grigiastre e non rappresentavano in nulla la Venezia che conosceva.

Il suo sguardo si fermò su una tela per metà nascosta da uno dei quadri nerastri. I suoi colori erano, invece, colori pastello. Un faro nel bel mezzo di una tempesta ! George attraversò la stanza e prese il quadro. Rappresentava un ponte, sul quale una donna, di fronte all'artista, si sporgeva. George riconobbe immediatamente Lisa. Sentì una stretta al cuore e subito i suoi pensieri analizzarono a tutta velocità le cause e le conseguenze di questa scoperta. Lisa doveva aver vissuto con Dave dei momenti difficili che l'avevano spinta a fuggire da Venezia e a non volerci ritornare di sua spontanea volontà. Cercò di ricordare se Lisa gli avesse mai parlato di Dave. Aveva mai detto il suo nome ? Credeva di no, ma se anche fosse accaduto lui avrebbe fatto il giusto collegamento ? Gli aveva forse parlato solo del mestiere di Dave ? Non ricordava nulla di significativo. Tutto restava vago e si mescolava alle ipotesi che ora stava facendo. Una sola cosa gli sembrava del tutto chiara : Lisa era sola a Venezia. Ripensò al comportamento e alla voce di Dave durante la loro ultima conversazione e questo, in aggiunta alle tele lugubri che lo circondavano lo inquietò. Non doveva incontrare Lisa. Gettò la tela sul tavolo e corse a cercare Lisa.

**

Uff ! Si disse Lisa, arrivando infine alla statua di Goldoni. George non era al bar nel quale si sarebbero dovuti incontrare. Entrò e si sedette nella terrazza, decisa ad attenderlo, ma comodamente seduta : i suoi piedi non ne potevano più ! Nell'attesa ordinò un bicchiere d'acqua.

**

Dave aveva lasciato il suo appartamento per recarsi all'esposizione. Zanioli lo aspettava per le ultime verifiche prima del vernissage, ma era stato indeciso fino all'ultimo se andarci o meno ed era già in

115

ritardo. Era passato dal sestiere di Cannaregio per acquistare dei colori che gli mancavano. Dopotutto, poteva farsi attendere ancora un po'. E non gli importava molto di come sarebbero stati disposti i suoi quadri. E poi tutta questa folla che sarebbe venuta a violare le sue tele, che avrebbe fatto commenti pieni di giudizi, ma chi erano costoro? Che cosa volevano? Entrare nella sua anima, rubargli i pensieri? Scoprire i suoi segreti, il suo segreto. Questo no, non lo avranno. Non ruberanno mai il mio ponte.

Man mano che i suoi pensieri avanzavano il suo passo accelerava. Si dirigeva dritto verso il luogo dell'esposizione. Finì per convincersi che avrebbe dovuto riprendere tutti i suoi quadri, toglierli dalla vista degli altri. Camminava in un monologo delirante di domande e risposte.

All'improvviso, come se si fosse fermato contro un muro, Dave si arrestò bruscamente nella piazza dove la statua di Goldoni mostrava la direzione del teatro. Dave, immobile, lo sguardo stupefatto, guardava in direzione del bar Bartolomeo.

Fissava questa donna seduta nella terrazza, un bicchiere in mano.

La sua Lisa. Era lì.

Era tornata. Sapevo che tutti quei sogni non erano solo illusioni, che tutto questo sarebbe servito a qualcosa, ce l'ho fatta. Posso riprenderla, saremo felici insieme. Sì, saremo felici. Era proprio Lisa. Era lì, seduta nella terrazza, un bicchiere in mano.

Dave si incamminò verso il bar. Lisa guardava da una parte all'altra con aria distratta, pronta a scorgere George da un momento all'altro. Come in un incubo, fu Dave ad entrare nel suo campo visivo. Veniva verso di lei, ipnotizzato dalla sua presenza. Si sentì presa dal panico. Voleva alzarsi, muovere le gambe, ma non accadde nulla. Il suo corpo rifiutava di muoversi. Il ghiaccio nel bicchiere tintinnò, la sua mano tremava. Lui era sempre più vicino, lei cercava di convincersi che tutto sarebbe andato per il meglio, che erano due adulti e che non c'era nulla di male ad incontrare per caso un ex fidanzato in una città. Dave le arrivò davanti prima di quanto non immaginasse, e fu sorpresa ancora di più quando sentì la sua mano stringerle il polso e tirarla verso di lui. Non voleva alzarsi, ma il dolore che sentiva al polso la costrinse a muoversi verso di lui. Sentiva la voce di Dave come se fosse lontana, in una specie di spessa nebbia che le parole non riuscivano a dissipare. Le disse di seguirlo, di andare con lui, che lei era sua, che non si sarebbero lasciati mai più, che tutto sarebbe tornato come prima. Balbettò qualcosa che nemmeno lei stessa riuscì a comprendere, e cercò di resistere. Il suo bracciale cedette e le perle si sparpagliarono al suolo. Lei abbassò lo sguardo e senza fare nulla le guardò rotolare in tutte le direzioni, ma Dave continuava a tirarla sempre più forte ed erano già arrivati nel Sotoportegho di San Lio, in direzione del suo appartamento.

Camminarono in silenzio per qualche metro. Dave aveva lasciato la presa e Lisa, passato l'effetto di sorpresa iniziale, sperava ora di poter avere una conversazione normale con lui. Lo osservava con la coda dell'occhio. Era molto cambiato da quando l'aveva lasciato. Il suo volto segnato, mal rasato e i tratti irrigiditi lo invecchiavano, e il suo aspetto trascurato non lo migliorava.

Lei cominciava a riprendere il controllo della situazione, la sua mente era meno offuscata. Non sembrava avere l'aria di qualcuno con il quale si poteva ragionare. Riprese la litania che aveva iniziato nella terrazza. Rimarcava alcune affermazioni, incominciava una frase, ma la lasciava a metà minacciandola di restare tranquilla e serrandole nuovamente il polso.

«Non mi lascerai più, tu sei mia. »

**

George arrivò in Campo San Bartolomeo. Lisa non era seduta nella terrazza. Guardò l'ora e sentì una fitta dentro di lui : eppure si erano dati appuntamento a quest'ora. Forse aveva preferito aspettarlo dentro. Passò attraverso i tavolini che davano sulla piazza. Calpestò qualcosa che si sbriciolò sotto il suo piede. Volse lo sguardo a terra e vide delle perle, alcune rotte altre intatte, e la catenina che le teneva insieme. Le raccolse senza esitazione. Qualche perla era rimasta vicino al fermaglio. Riconobbe il bracciale di Lisa, un regalo che le aveva portato da Atene l'inverno scorso, di ritorno da una conferenza.

Fu percorso da un tremito. Capì immediatamente quello che doveva essere successo prima del suo arrivo.

Era arrivato troppo tardi. Dovevano essersi incontrati e avere discusso. Che sfortunata coincidenza li aveva fatti incontrare, con tutte le calli che ci sono in questa città ! Era una cosa degna di un pessimo film, o almeno di un film che non gli piaceva per niente. Ma dov'erano? Non doveva farsi prendere dal panico. Cercò di chiamare Lisa, ma, come aveva previsto, lei non rispondeva. Ma dove potevano essere andati? L'aveva portata a casa sua? Ma certo, e dove sennò? In ogni caso non vedeva alternative.

Si diresse in fretta verso l'appartamento di Dave.

**

Il commissario e sua moglie si preparavano per andare al vernissage. Lei era seduta davanti allo specchio, stava finendo di truccarsi, quando lui le porse una confezione di Orlandoni, un gioielliere che si trovava sul Ponte di Rialto.

«Chi devo ringraziare, tu o il caso? Disse, provocante. »

«Me, ovviamente. »

Aprì la confezione e le apparve un magnifico bracciale di perle.

Gli sorrise e lo baciò appena sulle labbra.

«È magnifico! Grazie davvero. Sono pronta, signor commissario. Possiamo andare. »

L'ingresso della Biennale era sorvegliato da un agente della sicurezza che verificava gli inviti e il contenuto delle borse. Una volta entrati si diressero verso il padiglione delle esposizioni. Gli arredi erano sfarzosi e la luce invitante. Il suo amico Carlo, ancora una volta, aveva superato sé stesso : questa cornice era degna delle migliori gallerie d'arte. I muri portanti erano stati tappezzati di decori rappresentanti l'interno di un palazzo, sui quali erano appesi dei quadri, e al centro la riproduzione di un ponte veneziano serviva da cornice per altri quadri dell'esposizione. L'ambientazione c'era. Ai visitatori non restava che scoprire i quadri di Burnside.

I dipinti lasciavano senza fiato, e il commissario e sua moglie procedevano in silenzio da una tela all'altra, soggiogati da tanta intensità. La moglie del commissario lasciò l'ingresso per dirigersi verso il ponte di legno e cartone che imitava alla perfezione uno delle centinaia di ponti che si trovano a Venezia. Si fermò davanti a un dipinto, e cercò suo marito con lo sguardo. Lui aveva attraversato l'ingresso per fermarsi davanti al solo ritratto che era presente nella sala. Gli fece un cenno con la mano perché la raggiungesse, ma lui era troppo assorbito dal quadro. Alla fine, fu lei a raggiungerlo.

«Hai cambiato la direzione del percorso espositivo ? »

«No, è solo che questo quadro, ha attirato la mia attenzione, le rispose. È strano, ho come l'impressione di conoscere questa donna. »

«Deve essere la musa dell'artista. È insolito, non è dipinto nelle stesse tonalità degli altri dipinti. Direi che è più nostalgico. Deve essere il completamento della storia che ci racconta questo Burnside. »

Il commissario non rispose subito. Sua moglie lo prese sottobraccio, pronta a proseguire la visita, quando lui esclamò :

«Ma sì, è proprio così, l'ho già vista ! È il volto della donna che era sulla pochette che aveva con sé l'uomo la sera dell'omicidio al ponte dei sogni. Merda. Ci mancava solo questo stasera. Hai per caso visto l'artista quando siamo arrivati ? »

«No, non mi sembra di averlo visto, ma aspetta un momento, credi che sia uno degli uomini che state cercando ? »

«Non ne ho idea, ma devo accertarmene. Continua pure la visita, io vado a cercare Carlo. »

Carlo era al centro di un gruppo di giapponesi con i quali stava intrattenendo una discussione. Si avvicinò di qualche passo e gli fece segno con la testa di raggiungerlo. Carlo si scusò con il gruppo e lo raggiunse.

«Grazie, mi hai salvato, non mi lasciavano più andare ! Mhmm, ma tu non sei venuto per salvarmi, hai l'aria troppo seria, che succede ? »

«Niente di speciale, ma vorrei incontrare l'artista, potresti presentarmelo ? »

«Ma certo, solo che non me la racconti giusta. Hai lo sguardo del commissario, non di un amico che sta trascorrendo una piacevole serata in compagnia della moglie. »

«Probabilmente non è niente. Ma per fartela breve, qualche mese fa è stato assassinato un uomo, qualcuno l'ha spinto giù da un ponte. L'inchiesta è a un punto morto, ma il solo indizio che abbiamo è che l'assassino aveva con sé una pochette di quelle che usano i pittori sulla quale si vede il volto di una donna, che assomiglia molto a quello del dipinto che c'è laggiù. Devo quindi assolutamente sapere se il tuo artista è il proprietario di questa pochette. »

«Sì, capisco. Ma forse non è il momento migliore per fare questa... verifica. »

«Tranquillo, non ho intenzione di mettermi a urlare polizia né di mettergli le manette. Sarò discreto, gli farò solo qualche domanda in attesa di convocarlo domani al commissariato. »

«Ah, ma certo ! Non l'ho ancora visto, non è arrivato. E, del resto, ha almeno un'ora di ritardo. Non era molto convinto di questo vernissage, spero che non mi giochi un brutto scherzo. Diamo un'occhiata fuori, magari è nei dintorni, capita a volte, il crollo appena prima di entrare in scena. »

I due uscirono, ma non trovarono nessuno nel cortile, tranne l'agente della sicurezza, che non aveva visto nessun uomo corrispondente alla descrizione di quello che stavano cercando.

«Hai il suo indirizzo ? Vado a fargli una visita di cortesia. »

«D'accordo. Tieni, ti invio l'indirizzo sul tuo telefono, è facile da trovare. 2° piano, 3° campanello. Chiamami quando sarai da lui, di modo che sappia se dovrò fare a meno di lui stasera, e se... scopri altre cose scomode. »

Carlo rientrò nel padiglione e il commissario si incamminò verso il centro della città.

**

Lisa era in preda al panico. Di nuovo, rivedeva la scalinata, che portava a quella porta d'ingresso che credeva di avere dimenticato. Solo l'interno era cambiato. I mobili erano ricoperti di tele incompiute. Per terra c'erano pezzetti di cartone ritagliato, fogli spiegazzati, macchie di pittura sui cavalletti. Eppure, non era il disordine la prima cosa che aveva notato entrando, ma un'aria pesante, acre e satura di pittura. Le persiane chiuse, lasciavano filtrare un filo di luce, e nel disordine generale, Lisa ebbe come la sensazione di soffocare.

Dave la spinse dentro la stanza e chiuse la porta alle sue spalle. Restò inchiodato davanti alla porta e contemplò Lisa, con occhi vividi.

«Sei tornata mia Lisa ! Insieme saremo di nuovo felici. I miei desideri si sono realizzati, grazie al ponte ! Ti ricordi del ponte ? Non era un sogno ! Hai sete ? Vuoi bere qualcosa ? Come sei bella ! bisogna che ti cambi d'abito. Che tu sia magnifica, andiamo insieme alla mia esposizione ! Ma che sciocco, ancora non sai dell'esposizione ! Non è un sogno, questo no ! »

Le domande e le affermazioni si susseguivano senza che lui attendesse una risposta. Lisa capì che Dave aveva perso la ragione. Non era più l'artista che aveva conosciuto a Parigi. Che cosa gli era successo? Perché le parlava dei suoi sogni, dei suoi desideri e del ponte. Ma quale ponte poi ? Si trattava del ponte sul quale lei aveva trovato le iscrizioni ? Era da tempo che aveva dimenticato questa storia. In questo momento la sola cosa che le interessava, era che si trovava da sola con lui, e aveva paura. Finì per interromperlo :

«Basta Dave ! Mi fai paura ! Cosa ti è successo ? Hai visto come vivi ? Sai bene che non è altro che una coincidenza, che sono qui per caso ? Se ti ho lasciato non è stato certo per ritornare. Nella mia lettera sono stata chiara, mi conosci. »

Dave scuoteva la testa in modo frenetico.

«Ho incontrato una persona, vivo con lui a Milano. Sono felice adesso. Lasciami andare. È una bella cosa che tu esponga, vedi... »

Dave la interruppe bruscamente. Le si avvicinò.

«No ! No e no ! Non è così ! Non è possibile. È il ponte, ne sono certo. Tu verrai con me. Andiamo. Andiamo sul ponte, e tu pronuncerai il desiderio di essere mia per sempre, funzionerà, ne sono certo ! »

Lisa cominciava a ritrovare la calma e cercò di parlare con voce ferma.

«Non verrò da nessuna parte con te ! Tu deliri ! »

Approfittò del fatto che l'accesso alla porta era libero e si precipitò verso l'uscita, ma Dave l'afferrò per la vita e la gettò sul diano !

«Tu devi stare tranquilla Lisa ! Ma non capisci ? Tu sei mia ! »

La colpì violentemente alla testa. Lisa perse conoscenza.

**

George correva a fatica tra i visitatori che passeggiavano per la città alla luce dei lampioni. La folla che invadeva le calli di Venezia ogni giorno si era dissipata, ma restava ancora qualche gruppo di turisti fermo qua e là davanti a una scalinata, un ponte, un muro, cercando di immortalare ogni pietra con le loro macchine fotografiche, e che intralciava la corsa di George.

L'appartamento di Dave ormai non era lontano. Attraversò una piazzetta, svoltò nella Salizada e si trovò di fronte all'immobile nel quale viveva Dave. Per un attimo pensò che Dave non fosse ancora tornato e che tutto quello che stava accadendo era solo nella sua immaginazione, ed era pronto a sentirsi sollevato, a scoprire che tutto questo non era che un brutto scherzo della sua immaginazione e che Lisa non era con lui, non era in pericolo, che lo attendeva da un'altra parte, che tutto questo non era che un grosso malinteso. Salì le scale due gradini alla volta, incapace di credere davvero a quello che pensava, e si ritrovò davanti alla porta chiusa dell'appartamento. George suonò il campanello.

**

Il campanello suonò. Dave era nella camera, al capezzale di Lisa, che aveva deposto incosciente sul letto. Chiuse la porta e andò ad aprire. Dietro la porta di ingresso trovò George affannato che si sforzava di sorridere malgrado avesse un'aria tesa.

«Ciao, Dave! Come va? Eccoci, sono di nuovo di passaggio a Venezia, così mi sono detto che non avresti rifiutato un bicchierino stasera? È passato così tanto tempo dall'ultima volta! »

«Normalmente sì, ma stasera no, non sono disponibile, sono in ritardo, devo correre al vernissage della mia esposizione, io... »

«Ah sì! me ne avevi parlato, è magnifico! Rispose George avanzando di un passo. Beh, se vuoi, mi fermo solo un attimo e ti... »

«No, no, davvero, non è un buon momento, puoi ripassare domani, adesso mi preparo e scappo. »

Dave cambiò posizione perché la porta si chiudeva leggermente, e George dovette contenersi per non mettere un piede nell'apertura e mantenere la calma. Stava succedendo qualcosa, ne era certo, Dave parlava in un tono del tutto innaturale.

«Dai, ti accompagno, si ha sempre bisogno di uno sguardo amico in queste occasioni. E poi, avrò bene il diritto di poter ammirare anche io i tuoi dipinti ! »

«No, davvero non posso. Sto aspettando una persona che sta per arrivare, e dobbiamo andare insieme. »

George cominciava ad essere a corto di argomenti, ma questo ennesimo rifiuto di Dave gli confermava che quest'ultimo non voleva assolutamente lasciarlo entrare.

«Bene, non insisto oltre, peccato. Un'ultima cosa però, potrei utilizzare il tuo wc prima di andarmene ? Non ne posso proprio più, non so da quanto tempo è che cammino. »

Dave chiuse ancora di più la porta e assunse un'aria glaciale.

«No ! È impossibile, è otturato, l'idraulico doveva venire proprio oggi, ma sai com'è, gli artigiani... »

«Ah ! Che sfortuna ! Bene, allora vado. Ti lascio prepararti e troverò dei wc pubblici sulla strada, altrimenti entrerò a prendere qualcosa in un bar. Sperando che non sia otturato anche il loro. »

Lisa, sdraiata sul letto, riprese lentamente conoscenza. Sentiva il borbottare di due voci lontane. Non poteva muovere né mani né piedi. Aveva la gola secca e le labbra appiccicate. Socchiuse prima un occhio, poi l'altro. I suoi piedi erano legati con del nastro adesivo, e anche le sue mani, incrociate dietro la schiena. Anche la bocca era sigillata allo stesso modo.

Si sentiva ancora un po' frastornata, ma la vista del nastro adesivo le fece riprendere i sensi e si sentì presa dal panico. Ascoltò attentamente le voci nell'altra stanza, e le sembrò di riconoscere le voci di Dave e George. Per un attimo credette ad uno scherzo della sua mente, ma erano proprio le loro voci. Che cosa ci faceva qui George ? Come aveva fatto a trovarla ? Non riusciva a capire, ma in quel momento poco le importavano le risposte. Cercò di gridare più forte che poteva da sotto l'adesivo e si piazzò sul letto di modo che i suoi piedi legati potessero toccare per terra e potesse sbattere sul pavimento con tutta la forza che aveva.

Il rumore non passò inosservato nella stanza accanto. Dave si immobilizzò mentre George stava andando via. George spinse bruscamente la porta e sorprese Dave, che dovette arretrare e così entrò nella stanza. Non ebbe il tempo di raggiungere la porta della camera. Dave afferrò una statua in bronzo e cercò di colpirlo alla testa, ma lo mancò perché George era ancora in movimento. Lo colpì sulla schiena. Il colpo fu violento. George cadde in avanti, urtò con la testa il tavolino del salotto e il suo corpo restò immobile a pancia in giù. Dave si avvicinò, alzò di nuovo la statua, pronto a sferrare il colpo fatale. La sua voce deformata dall'odio pronunciò un ennesimo e ultimo :

«È la mia Lisa ! »

**

127

Il commissario camminava veloce tra le calli della città. Si dirigeva senza esitazioni verso l'appartamento di Dave. Arrivò nell'ingresso del palazzo. Stranamente, la porta era aperta. Salì le scale fino al secondo piano senza prendersi la briga di suonare il campanello.

Arrivato sul pianerottolo, la sola porta che c'era era aperta, cosa che gli sembrò ancora più strana. Attraversò lentamente il pianerottolo. Sentì dei rumori di lotta provenire dall'interno dell'appartamento. Con prudenza aprì la porta dell'appartamento, fece un passo in avanti, e vide un uomo con in mano una statua in bronzo, e un altro uomo steso a terra.

«Polizia, gridò. Mettila giù ! »

Ma l'uomo sembrava non volere obbedire e continuava a tenere la statua sopra la testa, pronto a colpire l'uomo incosciente steso a terra. Il commissario non gli lasciò il tempo di terminare il movimento. Si gettò su di lui, lo spinse all'indietro e lo immobilizzò a terra.

In un attimo il commissario cercò qualcosa che potesse servirgli da legaccio. Prese una sciarpa che giaceva ai piedi del divano e legò stretto Dave.

Poi tirò fuori il telefonino dalla tasca e chiamò il commissariato chiedendo rinforzi.

George, ancora stordito, si mosse leggermente.

«Come va ? È ancora dei nostri ? Gli domandò il commissario. »

«Mhmm, sì, ma la mia testa, ahi ! Disse George rotolando su un fianco. »

«Resti lì ! Sta arrivando un'ambulanza. »

«Lisa ! Mormorò. Lisa... di là... poi ricadde stordito al suolo. »

George aveva di nuovo perso conoscenza. Il commissario se ne sarebbe occupato in seguito, i soccorsi non avrebbero tardato ad arrivare, la priorità in quel momento era di soccorrere Lisa.

F I N E

Paul Beccaria

Epilogo

Da più di un'ora George e Lisa erano seduti a un tavolo della Trattoria Toscana, a qualche metro soltanto dal Duomo di Milano. Questo edificio, orgoglio di un popolo che aveva sacrificato decenni per costruirlo, restava in posa di fronte alle orde di turisti venuti per ammirarlo e agli artisti che vi si sistemavano quotidianamente per dipingerlo.

Con entrambe le mani, George prese la mano destra di Lisa e la baciò.

«Andrew, sistema i tuoi giochi, tra poco torniamo a casa. »

Il bambino alzò i suoi occhioni verso Lisa, fece un muso pronto a trasformarsi in lamento, ma poi ci ripensò. Si limitò a sospirare e scosse i riccioli bruni con aria rassegnata.

«Va bene mamma. »

Omaggio

« *Ho amato Dio, che non è niente agli occhi degli uomini che non sono niente. Non ho odiato né uomini né donne. E ho amato la vita, che è poco meno di niente, ma che è tutto per noi.* »

Jean d'Ormesson – *Come un canto di speranza*

www.ingramcontent.com/pod-product-compliance
Lightning Source LLC
Chambersburg PA
CBHW031607260626
47154CB00020B/1701